The Star outside my Window

星星獵人的午夜任務

安佳莉・Q・勞夫 Onjali Q. Raúf 著
卓妙容 譯

在我們起飛之前……

這是一個為所有人而寫的故事。

然而，對於那些正在家中目睹或遭受虐待而不得不格外勇敢和堅強的人來說，這可能也是一個令他們感到痛苦或不安的故事。

如果你恰巧是這樣一個特別的人，或者擔心某個你認識的人正在遭受傷害，那麼請翻到本書的最後幾頁，了解更多等著幫助你或你所愛之人的各種機構的資訊。無論你或你所愛的人年紀多大或多小，他們都很樂意伸出援手。

將所有的愛和星塵送給你們……

聖瑪麗艾克斯30號
（小黃瓜）
倫敦塔
格林威治步行隧道
國家航海博物館
NATIONAL MARITIME MUSEUM
女王宅邸
格林威治皇家天文臺

倫敦格林威治地圖

推・薦・文

用星星，點亮心

文／暢銷奇幻小說作家陳郁如

這是一本會讓你心疼的冒險故事。請有心理準備。

故事一開始，十歲的小女孩阿妮亞跟五歲的弟弟同時被寄養家庭收留。阿妮亞因為受過創傷，她有選擇性緘默的傾向，在特別的時刻中，她會說不出話來。她的媽媽離開時發生的事，也因為內在保護的機制，讓她失去這段記憶。

在寄養家庭裡，阿妮亞跟弟弟受到很好的照顧，沒有像一般小說故事中把寄養家庭黑化，把寄養父母妖魔化的橋段，相反的，作者給予寄養機制很正面的形象。在這個家庭裡，阿妮亞認識了兩個跟她年齡相仿的男孩，他們也是被寄養的孩子，都來自破碎的家庭，都有自己的艱難故事。

很多人告訴阿妮亞：她的媽媽死了，可是阿妮亞相信，媽媽只是變成天上的星星，在另一個世界照看她跟弟弟。然後她在新聞事件中，得知天文學家發現一顆新的星星，阿妮亞堅信那就是媽媽的化身，所以她帶著弟弟，在兩位男孩的幫助下，四人一起騎腳踏車、坐公車、走路……在英國展開超過一百公里的冒險，為的就是要確定天文學家會用她媽媽的名字給這顆新星命名。

最後，雖然結局以預料中的方式展開，但是揪心難受的程度卻不會減少，讀到後來，故事帶來的力道還是強勁的衝擊著內心。

這是一本青少年小說，作者用十歲小孩的口吻書寫，所以讀來輕鬆，但是透過小孩口吻了解背後隱含的故事，卻是非常讓人心驚，像是「爸爸下班回家會搬動家具」這種看似無害，但是大人知道是什麼意思的句子，真的是讓人提著心，一點一點的看下去。

我們常常討論著要如何教育孩子，如何讓孩子走正途，但是很多的大人才是行為偏差的人，他們無力（也無心）去處理自己的情緒，用各種藉口合理化自己的暴力，施予家庭成員最大的恐懼，烙下最無法彌補的傷害，諸如此類的事情，在世上各個角落時時刻刻都在發生。

作者不僅有很強的說故事能力，本身也是非營利組織「締造女性歷史」的創始人，她致力於保護女性，捍衛兒童權利，給女性跟兒童更公平平等的環境。這樣的身體力行，讓人覺得非常敬佩，在書的後面，很詳細的列出各種保護受虐者機構的名稱和聯絡方式，讓更多人可以順利尋求幫助。

這本書可能會勾起某些人不愉快的回憶，可能會讓人覺得不安，但是家庭暴力不是掩著眼睛耳朵就會消失，這些遺憾的事件在我們的周圍，隨時都會聽聞。希望遭受不當對待的人，可以找到求助的對象，可以找到安身的環境，而有能力的人，也可以伸出援手，讓不幸的事件減少，讓不論男女老少，都能脫離可怕的暴力環境。

推薦文

生命中難以承受的傷痛

文／青少年小說研究專家張子樟

一、家暴：禁忌的主題

這本書試圖講述那些被遺忘的孩子們的故事。他們並非來自和平、充滿愛的家庭，年幼的生活便充滿了危險、暴力和悲劇。它探討了相當多、但通常對小學生是避而不談的主題。作者以令人難以置信的敏感性，深思熟慮的處理家庭暴力、喪親之痛和寄養系統等主題。她溫和觸及這些主題，但又不露骨。故事同時還探討了決心、想像力和友誼等主題，帶領讀者踏上主角阿妮亞為母親命名的情感之旅。

家暴是一個很少在主流兒童出版中出現的主題，但無論我們為它的缺席找什麼藉口，事實是選擇不寫（或出版）有關家暴的書籍並不能阻止它的存在。對於那些在家裡遇到這種情況的孩子來說，他們不知道該向誰求助，也不知道如果他們說出來會產生什麼後果，像這樣的故事可能是一盞明燈。

本書透過十歲的阿妮亞的角度寫成，講述了失去父母和家暴的創傷。但是，儘管全書充滿了令人心碎的暗流，但它並不悲傷或陰沉，而是具有孩子才擁有並隨身攜帶的純真和活力。很幸運的，阿妮亞和她的弟弟諾亞被安置在伊烏江瓦太太的寄養家庭。這位太太是孩子們生活中的一縷陽光，善良、公平、充滿愛心！孩子們從她的身上恢復了我們對成年人和人類善良的信心。

二、阿妮亞的成長之旅

主角阿妮亞熱衷於天文學，當她得知格林威治皇家天文臺即將為一顆新發現的恆星命名時，她確信這是她媽媽，而且這是這顆恆星唯一應該有的名字。接下來是一段甜蜜的小冒險，充滿心酸的時刻，直到一切達到高潮，給孩子們帶來幸福、微笑。

從牛津到格林威治的路上，阿妮亞學到了一、兩件關於愛、友誼和信任的事，也發現了自己的勇氣和韌性。作者以同情和微妙的方式突出了嚴重的話題，非常出色。

「我發現天上的星星是我們所愛的人，守護著我們。」這是一種非常令人安慰的說法，可以幫助孩子們接受死亡的想法。結尾處提到了希臘神話，阿妮亞了解到七姊妹變成了星星，並被放置在獵戶座無法觸及的天空中。故事強化了這樣一種觀念：我們的生命永遠不會真正結束。民間傳說與科學和天文學交織在一起，幫助我們理解世界和我們在其中的位置。

三、作者的非凡書寫功力

作者專注於真正重要的主題，並對其進行調整以適應兒童閱讀，而不會最小化其焦點或影響。這本書尤其能觸動讀者的心弦，它會讓讀者為孩子們感到心痛。在兒童讀物中描繪此類主題非常重要，因為他們是經常受到這種影響的人。因此，重要的是讓他們有管道閱讀有關這種情況的內容，讓他們明白這種情況是不正常、不好的，同時強調希望，以及他們的生活可以如何改變。作者十分用心的平衡了家庭暴力的描述，而沒有涉及太多細節。

才華洋溢的作者揭露了現實社會許多作者不願觸及的主題：家暴。她的生花妙筆詳實的敘述寄養家庭的部分實況。同時藉由一段艱辛的成長之旅，她婉轉的說出孩子一時忘卻的家庭慘劇。作者真實的捕捉到了阿妮亞的聲音、她性格中的勇氣、決心和精神，但也捕捉到了她所承受的可怕的悲傷和恐懼。

這本類似報導文學的作品勇敢為受虐者代言，期待天下所有的父母都像書中的伊烏江瓦太太一樣，在真心痛愛自己的孩子之餘，也關心周遭可能出現的家暴問題。

推薦文

守護你我身邊的星星獵人們

文／療癒系諮商心理師黃之盈

身為國內推動性別平權課程、倡議保障人權、保障婦女和兒童權益、消除一切不平等的第一線助人者，看著這本書內心十分激動，也感到很心酸。

在早期的依附關係中，孩子在稚嫩的前幾年往往最需要父母和主要照顧者有方法的回應和協助。但現實是，被遺棄於陌生環境，被忽視、被凌遲的孩子數量始終沒有下降，相對於此，婚姻暴力和各種形式暴力的數據則是逐年攀升。

在臺灣，光是去年（二〇二二年），根據衛生福利部的數據顯示，家庭暴力案件通報數就高達十五萬六千多件，這樣算起來平均每三分鐘就有一起，雖然臺灣社會對於家庭暴力已達到零容忍共識，但是其實在社會各個角落仍不斷傳出家庭暴力案件。而這樣的數據，相較於二〇二一年，家庭暴力案件通報數增加了三萬七千多件；相較於二〇二〇年，則多了四萬一千多件。

疫情肆虐之下，前幾年的臺灣，大眾因擔憂染疫的焦慮和恐懼，加上不得不全員在家的狀態，家人間的關係宛如一個巨大的壓力鍋，更彰顯了原本關係中的矛盾、孤單、恐懼，家庭緊張感逐年攀升。

在小說中，阿妮亞努力回想在被安置之前的點點滴滴，卻沒有成功，她只記得媽媽消失的那一天，伴隨震耳欲聾的「砰！」一聲，媽媽的心臟被帶走了。而來到寄養家庭前，媽媽正在和他們玩「讓爸爸找不到我們的捉迷藏」；而來到寄養家庭後，為了找回天上的媽媽，為她正確「命名」，阿妮亞遇到另一群夥伴，每個孩子來自於不同的家庭，擁有不可告人、被虐待的事實，在生命陷落的邊陲，唯有盼望、期待和正名，才有機會在無情的命運中稍微扳回應該被理解的方式，成為星星獵人，讓母親得以在天上和人間都被正確認識，也帶來自己在生活中深切的盼望。

在家庭暴力的範疇中，受害最多的是婦女和兒童，回顧過去三十年，臺灣在防暴三法和性別平等有著劇烈變革。包括從一九八七年解嚴開始，婦女新知會、現代婦女基金會、婦女救援基金會成立，二〇〇二年兩性工作平等法的成立，乃至於到二〇〇四年民間團體組成防暴三法推動聯盟，性騷擾防治法、性侵害犯罪防治法、家暴法立法修正。加上臺灣在二〇〇七年加入「消除對婦女一切形式歧視公約」（CEDAW），且鑑於保障婦女權益成為國際人權主流價值，為提升國人的性別人權標準，落實性別平等，明定CEDAW具備國內法效力，四年會檢核一次，並於二〇一二年施行「消除對婦女一切形式歧視公約施行法」等，都加速了臺灣社會對於性別平等和人權的主張和重視。

二〇二一年六月一日跟蹤騷擾防制法成立，乃至於二〇二三年因為戲劇《人選之人》之後的 #MeToo 運動，這些社會運動和改革，都企圖健全臺灣在弱勢照顧方面的權益保障，以及協助孩子們不再因家庭和性別歧視相關問題，代代相傳偏見和歧見。

也許這些還不夠。故事中星星獵人靠著自己的力量，解除在身上的種種創傷禁制，讓人生可以前進，並且透過他們的眼睛，看見通往自由和安全的道路是這麼的困難重重，但這些倖存者依然用自己的力量擺脫各種暴力的形式。身為助人者和他們身旁的大人，我們應積極伸出援手，給予鼓勵和支援，不讓暴力奪走我們清澈的心靈，不用權勢逼弱勢就範，更不應該因生活壓力促使更多的暴力產生。

原文書中在尾聲提到國外的各種安全資源，我也希望利用本文提及臺灣的安全資源。「113保護專線」是二十四小時全年無休的服務專線，若家人、朋友遭受暴力和性騷擾及性侵害，若有兒童、老年人、少年、身心障礙者受到疏忽、虐待或其他嚴重影響身心發展的行為，都可撥打這支專線，並記得提供「人事時地物」等相關資訊，清楚提供被害人的所在位置、當事人的意識狀態和身體狀況、事件發生原因，讓政府使用公權力進行協助和保護。

另外還有一支112專線，為全球行動通信預設之緊急電話號碼，遇有緊急狀況，而110或119收訊不佳時，可撥打112專線求助。若需心理線上諮詢，可多加使用家庭教育中心的諮詢專線，以及衛生局安心專線1925、張老師專線1980、生命線1995等尋求幫助。

獻給我的表姨穆姆泰哈娜・魯瑪・詹納特，她變成的星星就在月亮旁邊。

獻給她不得不遺留在地球的兩道光芒，以及所有在家庭虐待[1]下倖存的孩子們。

獻給我的媽媽和扎克。一如既往。

1 本書作者並不喜歡將「家庭」和「虐待」兩個詞連結在一起。因為「家庭」意指虐待行為發生在家中，應屬於私密行為，即使這件事已經構成犯罪，還是讓許多人覺得過於難堪而不向警方舉報。不過，由於這早已是廣為流傳的術語，為了方便讀者明白，作者還是選擇在書中使用了這個說法。

「要謙虛，因為你生於凡土。要高貴，因為你源於星塵。」

——塞爾維亞諺語

「決心就像一顆劃過天際的燃燒小行星。」

——雨果・李斯（十歲，詩人，克蘭莫爾預備學校）

第一章 ★ 通往星星的地圖

我一直想當星星獵人。

雖然其他人稱他們為「天文學家」，但我認為「星星獵人」聽起來好多了，所以我打算這樣稱呼自己。可是我不想當那種發覺古老星星的獵人，我想找的是剛誕生不久，還在尋找被他們留下的人的全新星星。我曾經在圖書館的書中讀到，星星可以燃燒數百萬、數十億，甚至好幾兆年。我希望那是真的，因為世界上有一顆我想要它永遠燃燒的星星。我還不知道它在哪裡，但我知道它就在那兒，等著我找到它。

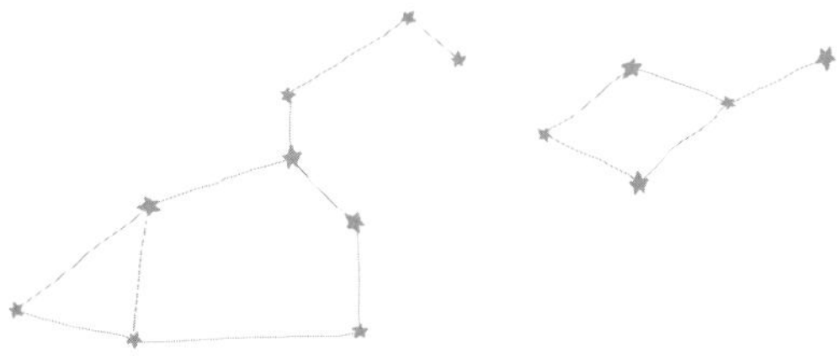

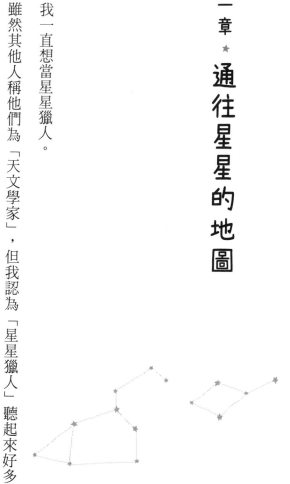

在我和爸媽一起住的房子裡，我的臥室有滿滿三個書架的書，其中超過一半都是關於星星和太空旅行的。牆壁和天花板貼滿了海報，還有我拜託爸媽買給我，可以在黑暗中發光的星星，不過房間裡最棒的還是放在我床邊的特殊星球儀。

從遠處看，你會以為它是個普通的地球儀，但事實並非如此。它是夜空地球儀，上面標示的不是國家和海洋，點亮之後，會看到所有你想得到的各個星座。每次切換開關都會出現一個不同的星座，我將每一個都記在腦海裡。這就是為什麼等我成為星星獵人時，發現新的星星對我來說顯得很容易的原因——如果你對一張圖片熟悉得不得了，自然很輕易就能看出它的不同。

我真希望當初媽媽沒有忘記帶走我的星球儀，有時候我會非常想念它，想到我都懷疑自己會有不再想它的一天嗎？尤其在我和諾亞（Noah）不得不搬到現在的陌生新住所之後，我就更想念它了。

我們已經在這兒待了兩天，儘管這間房子比我們之前和媽媽躲藏的上一間更好，我還是不確定自己是否喜歡這裡。它充滿了令人毛骨悚然的噪音——即使沒人走動，地板也會嘎吱作響；黑夜裡，看不見的東西敲擊著窗戶，彷彿試圖鑽進來似的；牆壁後面不時傳來微弱的吱吱聲和摩擦聲。

我弟弟諾亞認為這房子鬧鬼。他在睡覺時怕得不得了，我只好讓他用棉被蓋住頭，再緊緊抱著他，直到他睡著。諾亞才五歲，這年紀的孩子怕鬼是正常的，但十歲的孩子相信有鬼就太傻了，所以我不相信。即使那些聲音讓我非常想和他一起躲在被窩裡，我也不相信。

不過，這房子奇怪的地方可不只噪音，還有住在裡頭的人。

有個叫特拉維斯（Travis）的男孩一直都不說話。他十一歲，又高又瘦，有如一條繃得太緊的橡皮筋。他的牙齒套著大大的銀色牙套，導致上下嘴唇不太能閉合，看起來很像有個建築工不小心塞入過多的金屬鷹架，又不知道什麼時候該停下來似的。大多時候，他只是用如乒乓球般凸出的灰褐色大眼睛瞪著我。我很不喜歡被人盯著看，這會讓我臉紅，想要逃跑，但他老是這麼做，即使我回瞪他也沒用。

班（Ben）則有一頭碩大而蓬鬆的黑髮，彷彿是用巨型冰淇淋勺放到他頭頂上似的。他十歲，和我一樣大，一雙明亮的棕色眼睛看起來總像在問你成千上百個問題。當他以為沒人在看時，便會一直戳自己左臉上那顆又大又圓的痘痘。他老是把紐卡索聯足球俱樂部的連帽棉衫反著穿，還將連身帽當成容器，在裡頭放爆米花和洋芋片。班喜歡說一些奇怪的話，問我很多問題，彷彿他是電視影集裡的警探，而我是嫌犯。

他會問一些像是「嘿！你們為什麼會來這裡」、「你們也是等著被收養嗎」，還有「我的天啊！阿妮亞（Aniyah），你居然不喜歡炸魚條？那我可不可以幫你吃掉」之類的問題。我討厭有人問我問題，就像我討厭被人盯著看一樣，尤其是在我不知道答案並且發不出聲音的時候。所以不管他問什麼，我都只是聳聳肩，看著地板。

最後還有蘇菲，她十三歲，是我們當中年齡最大的，但她比特拉維斯還矮。蘇菲有一頭又長又直的紅髮，鼻子上有整整二十七顆棕色雀斑。因為我很喜歡雀斑，所以第一次和她見面時就認真數過了。我覺得雀斑和星星看起來差不多，都像小小的火焰，而且也都能讓我發揮想像力，串聯出不同的形狀，非常有趣。我希望自己也有雀斑，可惜沒有，連一個都沒有。

如果蘇菲是我的朋友，我會告訴她，隨著連接方式的不同，她的雀斑可以連成藍鯨或三桅帆船的形狀。然而，蘇菲不喜歡我和諾亞，所以我想我大概永遠沒有機會告訴她了。我知道她不喜歡我們，因為每當伊烏江瓦太太沒在看的時候，她就會瞇起眼睛，咬牙切齒的以仇視的目光瞪著我們，而被這種目光盯視總會讓我的手腳發冷。

伊烏江瓦太太是我們住的房子的屋主，她是我見過的大人當中最奇怪的一個。她總是戴著很多很多的項鍊、串珠和手鐲，導致她移動時會發出像彈珠在袋子裡互相碰撞的聲響。她臉上一直掛著微笑，讓我覺得她笑得太多，臉頰一定很痠疼。我從未見過任何人像她那樣老是在微笑。大多時候，我不得不環顧四周，看看她到底為什麼在微笑，因為正常人沒有理由是不會笑的，可是伊烏江瓦太太似乎不需要任何理由。

我第一次見到她時還以為她是班的媽媽，因為他們都有著碩大而蓬鬆的頭髮，膚色也一模一樣。她的嘴脣是閃亮亮的粉紅色，深棕色的眼睛周圍擦了大量帶有亮粉的眼影，說話的口音讓她聽起來既像在唱歌，又像在訴說。我還不知道自己和諾亞喜不喜歡伊烏江瓦太太，但我們必須努力去喜歡她，也必須努力讓她喜歡我們，因為在目前其他人都不見蹤影的情況下，她是唯一有能力讓我和諾亞待在一起的人了。這正是寄養媽媽的工作——在孩子的父母失蹤時，負責照顧像我和諾亞這樣的孩子。

直到兩天前，我才知道什麼是寄養媽媽。我原本有個真正的媽媽，所以我猜我之前並不需要知道，但是在媽媽離開後，來了一個穿黑色套裝的高個子女士和兩名警察，他們說我和諾亞必須搬去寄養家庭，和新的寄養媽媽碰面。我不喜歡「寄養」這兩個字，聽起來就像在假裝，試圖讓你相信某些東西是你的，即使明明不是。我猜諾亞也不喜歡「寄養」的發音，所以他一聽到就開始哭泣、尖叫、打嗝。

諾亞只有在真的很害怕的時候才會打嗝或大哭。媽媽說照顧他是我一輩子的責任，所以當他在警察和套裝女士面前又哭又打嗝時，我試著用眼神告訴他別怕，因為我會保護他。可是我不認為他看到了我眼裡的暗示，因為在我們坐上警車後座和接下來的整個夜晚，他都在不停的哭泣、打嗝。我真希望自己能開口安慰他，而不只是用難以察覺的視線，但是我的聲音在聽到媽媽離開我們時就不見了，到現在仍沒有回來。我相信一旦我確定媽媽在哪裡時，聲音就會回來的。

這就是為什麼我不能等到長大後再當星星獵人，因為我必須立刻當上星星獵人，才能找出媽媽現在到底在星空中的哪裡。天空中的每一顆星星都有自己的名字和故事，而超級特別的星星則會變成星座的一部分，在更偉大的故事裡擔任主角或配角。我知道的，因為在我們一起看了《獅子王》之後，媽媽將星星的真相告訴了我。

《獅子王》是我最喜歡的動畫電影。每當爸爸下班回家，需要搬動屋裡的家具時，媽媽就會讓我和諾亞看《獅子王》。媽媽會對我們眨眨眼並鎖上門，拿著遙控器指向電視機說：「讓我們用聲音淹沒整個世界吧！」有時爸爸會大力敲門叫她，她不得不讓我們兩個自己待著，不過我們也不介意她不陪我們看就是了。諾亞最喜歡彭彭和丁滿，只要他們一上場，他總是一邊咯咯笑，一邊手舞足蹈。

我最喜歡的一段則是辛巴的爸爸告訴他，過去那些偉大的獅王都從星星上俯視著他，因為有他們在，他永遠不需要感到孤單。第一次聽辛巴的爸爸這麼說時，我問媽媽是不是只有國王才能變成星星，皇后不能也變成星星似乎很不公平，而且如果你不認識任何原先是國王或皇后的人，是否就注定只能一個人，沒有任何人會在星空陪伴你？

媽媽皺著眉頭，低頭用深棕色的眼睛看著我，想了一下我的問題後說，皇后當然也可以變成星星，不僅如此，擁有超級閃亮心靈的普通人也有機會成為天上最大的星星——甚至比國王和皇后的星星更亮！所以每個人至少會認識一顆在天上守護著他們的星星。

我很高興她告訴我這些，因為如果她沒有這麼說，我永遠也不會知道，在我聽到媽媽離開我們變成星星時的那些聲響意味著什麼。

等到諾亞睡著，手臂放鬆到不再緊抓著我時，我就要起床畫一張星空圖，將我們的窗戶外可以看到的所有星星都畫下來。我會每晚都畫，直到天空中所有新的星星都被我找完。我必須試著找到上方最亮、最新的那一顆，因為那一定就是我的媽媽。只要我一看到，就會知道那是屬於她的，因為在我認識的人之中，媽媽的心是最寬廣、最明亮的。而擁有最寬廣、最明亮之心的人，絕不會墜落地面，一定會升上天空，閃耀發光。

第二章 ★ 寄養家庭守則

雖然我們已經到寄養家庭三天了，可是今早醒來後，有一瞬間我還是忘了如今媽媽已經不在、爸爸找不到我們，而我不是睡在自己家裡臥室的事實。在眼睛逐漸看清周圍後，我的大腦開始記起一切，頓時真希望自己沒有醒來。

我再次緊閉雙眼，抓住脖子上的銀色盒墜項鍊。我很喜歡我的圓形盒墜項鍊，上面滿滿的都是漩渦花紋，而且閃閃發亮，這是爸媽送給我的七歲生日禮物，同時也是身邊唯一能讓我想起他倆的東西。

每天早上當我記起他們已經不在我身邊時，我會握著項鍊，緊緊閉上眼睛，再突然睜開，讓周遭畫面一下子衝擊我的眼球——我曾在電視上看到做了噩夢的人，憑藉這麼做幫助自己醒來，可是這對我絲毫不起作用，因為畫面沒有任何變化，換句話說，眼前的噩夢根本就不是一場夢。

不過，在寄養家庭醒來還不是最糟的事。最糟糕的是和諾亞同睡一張床，醒來時發現我的腿又冷又黏，因為他又尿床了。我知道他不是故意的，他會尿床是因為太過害怕，可我還是覺得很討厭。我其實應該睡在雙層床的上鋪，但那樣諾亞就得自己一個人睡，於是我試著睡在床緣以保持乾爽，可惜完全沒有用。我想等我的聲音回來時，一定要請他們給我一把傘。

到目前為止，伊烏江瓦太太還沒有為諾亞尿床而斥責過他。相反的，她表現得好像這是一件大大的好事。

每天早上，她會走進我們的房間，興高采烈的說：「起床了，太陽晒屁股嘍！」然後鼻子像兔子似的抽動著嗅聞空氣。她會走到床邊，拉開棉被，大叫，「啊，就是這個！」彷彿她在找的是什麼特別的寶物，而不是一大灘尿。她會笑著揮手把我和諾亞趕下床，然後像捲棉花糖似的把尿溼的床單捲在手臂上，對我們說：「外頭總比裡頭好！家庭守則第一條——需要解放時，不要忍！」

允許尿床並不是寄養家庭裡唯一奇怪的守則，伊烏江瓦太太的許多規定似乎和我們之前的家截然不同。穿黑色套裝的女士和警察把我們帶到伊烏江瓦太太的家時，並沒有提到任何關於寄養家庭守則的事，他們只是一再重複的告訴我們，「一切都會好起來的」、「你們現在什麼都不用擔心」。

但是我擔心的事可多著呢！像是如果我再也無法上學，見不到我最要好的兩個朋友——艾迪和關，該怎麼辦？如果諾亞半夜餓了，想和以前在家一樣，下樓去廚房的餅乾罐拿東西吃的話，該怎麼辦？還有伊烏江瓦太太的「開關」有多大？我們需要做什麼以確保開關永遠不會被切換到錯誤的那一邊？開關問題是其中最重要的，因為我知道每個人心裡都有一個開關，一旦被撥動之後，他就會生氣並傷害你，尤其是爸爸那種努力工作的大人。穿黑色套裝的女士說伊烏江瓦太太會很努力照顧我們，所以我想她的開關大概也和爸爸的差不多大。這就是為什麼我需要知道她的每一條守則，以確保我和諾亞不會不小心觸犯到。

伊烏江瓦太太說話時，我總是非常仔細的聆聽，同時我也一直在觀察班、特拉維斯和蘇菲的言行舉止，但是在沒人直接告訴你的情況下，要搞懂一個地方的守則並不容易。這有點像轉學到一所新的學校，卻沒人告訴你一旦做了什麼可能會被留校察看一樣。

這就是我為什麼會喜歡星星的原因。在浩瀚的天空中，規則永遠不變，所以也就不需要別人告知任何事。除了新的星星誕生，老去的星星因為沒有需要守護的人而漸漸消失之外，所有的星星在數百萬年間都是動也不動的待在原處。可是人不像星星，不能在你想知道他們究竟是誰時，閃著星光讓你將他加在星空圖上。因此我不只要當星星獵人，還得兼任「線索獵人」，尋找關於伊烏江瓦太太的守則，以及她的開關可能在哪裡的線索。

我每天都學到一些新的守則，到目前為止，我學到的有——

守則一：只要我們想尿，隨時可以尿，沒有人會對我們大吼，或者叫我們去角落罰站。

事實上，當諾亞尿床時，伊烏江瓦太太笑得過於開心，導致他誤以為在別的地方小便也沒關係。昨晚在她叫我們進屋吃飯前，諾亞問我，他能不能像公園的狗那樣抬腿尿在樹上。我搖搖頭，但我看得出來直到我們上床睡覺時，他都還在想這件事，因為他一直在試他的腿能抬多高，而且還不時偷瞄我們房間裡的衣櫥。

守則二：我們可以尖叫、哭泣，多大聲都沒關係，伊烏江瓦太太絕對不會斥責我們，叫我們「住口」、「成熟一點」或是「別像嬰兒一樣哭鬧」。

班給諾亞取了「尖叫冠軍」的綽號，因為他幾乎一直在尖叫、哭泣。他在浴室裡尖叫、哭泣，不讓伊烏江瓦太太幫他洗澡，因為她不是媽媽；他在早上她想幫他脫睡衣時尖叫、哭泣，在晚上她想幫他穿睡衣時尖叫、哭泣，在介於這兩者之間的所有時間尖叫、哭泣。可是伊烏江瓦太太似乎一點也不介意，只是微笑著點頭說：「就是這樣，諾亞，把怪物趕出去吧！記住，你可以想哭就哭，想哭多大聲就哭多大聲，想哭多久就哭多久，只要不影響自己的健康都沒問題。」

以前在家裡，爸媽絕不會允許他尖叫、哭泣那麼久，但現在他可以隨心所欲的尖叫、哭泣，我覺得他開始感到無聊了，因為他哭的時間越來越短，尖叫聲也不像從前那麼響亮尖銳了。

守則三：你可以在吃東西時弄得亂七八糟，沒有人會責備你或用力打你的手。

伊烏江瓦太太並沒有明確說出這條守則，但我在住進來後第一天吃早餐時就注意到這一點。以前在家裡，媽媽都得幫我們把食物切成小塊，以確保不會有任何東西掉到桌上或地上，免得觸動爸爸的開關。有時在上學之前，當爸爸因為銀行工作很累，需要我們特別安靜並保持乾淨，好讓他睡得安穩時，媽媽會把早餐用保鮮膜包好，讓我們在車上吃。

但是在寄養家庭，班吃飯時會將食物碎屑弄得到處都是，甚至還會黏在臉上，卻從來不用說對不起。特拉維斯可以自己塗巧克力醬在吐司上，不需要任何人幫忙確認是否塗得均勻、乾淨，以及有沒有沾到其他地方。蘇菲可以自己在碗裡混合好幾種麥片，然後自己倒牛奶。

在吃晚餐時，每個人都可以把想吃的食物直接放進盤子裡，而且番茄醬想加多少就加多少，伊烏江瓦太太從不會制止我們。這些都是我和諾亞在家裡不能做的事，所以每當伊烏江瓦太太說吃飯時間到了，諾亞就會異常興奮。我現在還沒餓到能夠正常進食，不過等我找到媽媽的星星在哪裡，而且胃不再那麼痛之後，我相信我會喜歡這條守則。

守則四：廚房裡可以播放音樂，而這會讓大人變得比之前更加奇怪。

伊烏江瓦太太只要待在廚房裡，就會打開放在窗臺上和小花盆擺在一起的豔紅色收音機，播放許多沒有歌詞的曲子，全是鋼琴、小提琴和管弦樂隊的演奏。然後她會閉上眼睛，大聲哼唱，在廚房裡繞著餐桌跳舞，彷彿有個隱形的舞伴陪著她跳似的。有時她會抓著特拉維斯和班，強迫他們陪她一起跳舞。

第一次看到時，諾亞嚇得緊緊抓住我的手臂不敢放開，因為我們家無時無刻不保持安靜，否則會干擾爸爸思考。我從未見過媽媽跳舞或哼歌，從來沒有。然而，在伊烏江瓦太太開始這麼做時，特拉維斯露出微笑跟著哼唱起來，蘇菲則是翻個白眼，同時卻也咧嘴笑了。班靠過來，說：「別擔心，她一直都是這樣的。」

我以為在第三天不會學到什麼新的守則，因為其他人都去上學了，而伊烏江瓦太太只是讓我和諾亞做前兩天做過的事。她叫我們坐在客廳裡畫畫、著色，直到吃午飯，然後我們可以看半小時的電視。在她為我們唸了一個故事後，又讓我們去花園裡玩到其他人放學回來。

在花園裡玩的時候，我發現伊烏江瓦太太的「髒兮兮也沒關係」守則同樣適用於戶外，因為當諾亞摔倒，褲子上沾滿泥土時，她並沒有責備他，只是說：「泥土的顏色多麼可愛啊！你不覺得嗎？諾亞，看看那些深淺不一的棕色！」諾亞一聽馬上就不哭了，反而彎腰仔細觀察褲子上的汙漬，彷彿他之前從未真正想過這件事一樣。

等我們再次被叫進屋內，諾亞換了一條居家褲後，伊烏江瓦太太拍了拍手說：「對了，阿妮亞、諾亞，第三天是個幸運日，那麼我們今天晚餐該吃點什麼呢？蔬菜千層麵？炸魚薯條？還是義大利麵？」等我們回答時，她招手示意我們在餐桌前坐下。她今天的眼影帶著金色的亮粉，看起來像陽光下閃閃發光的沙灘。

「義大利麵！我想吃義大利麵！」諾亞大喊。

「我們吃義大利麵嗎？」一個聲音從走廊飄過來，過了幾秒，班的頭髮和臉出現在廚房門邊。前門被人用力關上，特拉維斯和蘇菲也跑進廚房。大家都把書包扔在地板上，除了蘇菲以外，她只留下一句：「嗯，媽媽，等要吃飯了再叫我下來。」就走上樓梯回她的房間。

我皺起眉頭，想不通外型如此截然不同的伊烏江瓦太太和蘇菲怎麼會是母女。

「特拉維斯，你也想吃義大利麵嗎？」

特拉維斯對伊烏江瓦太太點頭，轉身盯著我看，眼睛連眨都不眨一下。

「阿妮亞呢？」

諾亞很喜歡義大利麵，所以我也點頭，儘管我仍然不餓。

「好，那麼每個人都來一大碗美味的義大利麵吧！班，去洗手，然後幫我把莫札瑞拉起司拿出來……放在包裝袋裡的那種……然後切片……確實將水瀝乾。特拉維斯，你去拿些羅勒葉，我需要大約……二十片。好，動作快！」接著，伊烏江瓦太太走向窗臺，打開收音機，音樂立刻在空中飄揚，「啊，蕭邦！」她一邊跳舞，一邊喊著。

我也想幫忙，但因為還無法發出聲音，沒辦法開口告訴任何人，所以只能和諾亞坐在旁邊看著。在背景音樂中，看著大家洗洗切切、又拿又倒的，是一件很有趣的事——就像在看電影一樣。諾亞不禁鼓起掌來，手上的刀叉也不時在空中揮舞。

晚餐準備好時，伊烏江瓦太太叫蘇菲下樓。看到她身上仍穿著的校服，令我希望我和諾亞的校服也還在身邊。當初離開那間根本不是旅館的旅館時，我本來打算一起帶走的，但是穿黑色套裝的女士告訴我們直接丟在那兒就好。那時我才知道自己可能再也見不到我的朋友和學校了。

班走過來，將一盤起司放在餐桌中央。我從沒見過這種起司，看起來就像一小條鬆軟的麵包被切成了厚厚的圓片，但顏色居然和白粉筆一樣。我一直認為起司應該是黃色的，而非白色，我馬上知道自己是絕對不會吃它的。

班在他的位子坐下，很快的在他臉頰上的痘痘點了兩下，彷彿要確定它還在那兒。他問我，「阿妮亞，你今天會吃嗎？你怎麼有辦法都不餓呢？我一天到晚都覺得餓！你最喜歡哪種起司？我最喜歡桌上這種，你想來一點嗎？」他拿起盤子，朝我的方向推了推。

我搖搖頭，看向蘇菲。她坐在餐桌末端，就在諾亞的旁邊，他正拿著刀子和玩具車敲打桌子，惹得她用平常那種充滿恨意的目光瞪著他。接著，特拉維斯走過來坐下，開始盯著我看，眼睛連眨都不眨一下。

「班，你能不能安靜一會兒，讓大家好好吃飯呢？」伊烏江瓦太太走過來，將兩碗放了大量鮮紅色醬汁的義大利麵放在我和諾亞前面。諾亞立刻用叉子戳他的義大利麵，但我抓住他的手搖了搖頭，示意他要等到大人說開動才可以吃。

「沒錯，班，」一等伊烏江瓦太太轉身回廚房拿其他人的碗，蘇菲立刻小聲的說，「你能不能閉上嘴，不要再這麼蠢，這麼討人厭了！」

班認真的點點頭，但沉默只持續了三秒，他就又開口，「阿妮亞，你應該試試這個大蒜麵包，超級好吃的！」他將長麵包推向我，但我不想吃，所以搖搖頭又推了回去。

「試一下嘛！」班繼續說，「義大利麵沒搭配大蒜麵包一起吃是不行的，那樣會『招受天錢』！」

「啊，你真是個白痴！班，是『遭受天譴』！」蘇菲翻了個白眼，彷彿不敢相信自己居然必須和他同桌共食。

班不理她，又將大蒜麵包推向我，而特拉維斯則繼續盯著我看。

我想告訴班，我胃痛、喉嚨疼，不想吃任何東西，因為這些看起來、聞起來都跟媽媽以前做的不一樣，但我無法說出口，於是只能將麵包再推回去。可是就在我把手臂收回來時，手肘不小心撞上麵碗，我眼睜睜的看著它飛下餐桌，在空中翻了半圈，直直撞到地板上。

噹啷！砰！啪嚓！

麵碗瞬間裂成兩大半，沾滿番茄醬汁的義大利麵甩到我座椅的椅腳，還有我身後亮藍色的牆面上。地板看起來就像有隻動物剛被車輾過，所有的內臟都被擠了出來……

我驚跳了下，不敢呼吸，等著挨罵，身體像被浸在冰水裡一樣開始顫抖。我聽到蘇菲倒吸一口氣。班說：「乒乒乒乒！」而特拉維斯一臉驚嚇的盯著我。諾亞開始打嗝，因為他為我感到害怕，就像以前我或他在家裡摔破或弄灑東西時一樣。

「媽——媽！看看阿妮亞做了什麼！」蘇菲坐直身體，大聲喊叫，「她剛才把碗『扔』到地上！」

我看了看蘇菲，然後轉頭看了看廚房裡的伊烏江瓦太太。我張開嘴想說那是個意外，我不是故意的，但是沒發出任何聲音。

「阿妮亞，碗是你扔的嗎？」伊烏江瓦太太皺著眉頭走到餐桌邊，輕聲問我。

我搖搖頭。

「我不喜歡欺騙，阿妮亞，」伊烏江瓦太太挑起眉毛說，「這是這個家最重要的守則。無論發生什麼事，無論你們多麼淘氣或多麼沮喪，沒有人可以對我撒謊。我再問你一次，碗是你故意扔的嗎？」

我又搖搖頭，努力的想擠出聲音，但是我的聲音太遙遠，無法及時趕來救我。

「她、她不、不是故、故意的，」特拉維斯說，「只、只是個意、意外。」

「沒錯。」班緊張的看著蘇菲，也幫我說話。

蘇菲瞇起眼睛看著特拉維斯和班，搖搖頭，「他們在撒謊，媽媽，因為他們不想讓她被禁足。我親眼看到她扔的！你把她的碗放在桌上，她一等你回廚房，就拿起來扔在了地板上。」

伊烏江瓦太太深深吸了一口氣，過了幾秒後，輕聲說：「阿妮亞，請上樓回自己的房間。」

班的眉頭皺得更緊了。特拉維斯低頭看著碗。諾亞開始打嗝，動靜大到連餐桌都為之晃動。我看著蘇菲，覺得有一團火在胸口燃燒。她直視著我，很快的對我笑了一下，時間短到讓我懷疑自己眼睛是否產生了幻覺。

「請上樓，阿妮亞！」伊烏江瓦太太仍舊皺著眉頭，開始撿地板上的碎片，「還有諾亞，阿妮亞只是上樓回你們的房間，反省自己剛剛做錯了什麼，知道嗎？一旦她明白不該浪費一碗完美的義大利麵，並且誠心道歉後，就可以下來。所以你不需要打這麼多嗝，好嗎？」

諾亞看起來還是很害怕，但仍然在打嗝的空檔中點了點頭。

我想扯開喉嚨放聲尖叫，想用盡全力踢什麼東西加以破壞，但我卻只是看著地板，將椅子往後推，站了起來。在我走出房間時，回頭看到蘇菲正望著我。她直直的盯著我的眼睛，嘴角再度勾起，又露出只有我能看到的隱隱笑意。我突然想到，伊烏江瓦太太最重視的守則是否就是她的開關，如果是，蘇菲為什麼要故意去撥動它，並將我推到會被處罰的那一邊？

第三章 ★ 天空中的罕見異象

上樓反省十分鐘後，伊烏江瓦太太讓特拉維斯來叫我下去，和大家一起把晚飯吃完，但我並沒有故意扔碗，所以拒絕為自己沒做過的事道歉。於是伊烏江瓦太太說，那麼我不能吃甜點。沒關係，反正我不想吃。雖然今天的甜點是我以前最喜歡的巧克力布丁蛋糕杯，我還是一點都不餓，只是面無表情的看著蘇菲吃掉我的份。

伊烏江瓦太太在收拾餐桌時，叫我們去客廳看半小時的電視，班小聲對我說：「對不起，我沒有要給你找麻煩的意思。」

我點點頭，因為蘇菲不喜歡我本來就不是班的錯。

「我也很抱、抱歉，」特拉維斯說，他的眼睛尺寸已經從乒乓球脹成了網球，「蘇、蘇菲做壞事時，伊、伊太太從不相信我們……所以和她爭、爭論沒有任何意義……」

「沒錯，」班接著說，「而且如果我們告狀，蘇菲一定會報復，所以你們最好也不要打她的小報告。我曾經告訴伊太太，是蘇菲從她的錢包偷拿五英鎊[1]紙鈔，不是我，結果蘇菲居然抓了一隻毛毛蟲放在我的床上。」

我又點點頭，在其中一張深綠色沙發上坐下。班把遙控器遞給諾亞，他高興得不得了，坐到最靠近電視機的地方，彷彿想找辦法爬進去似的。電視上他最喜歡的忍者卡通正好快結束，那是媽媽以前常陪著他一起看的。

班走過來坐在我旁邊，他的體重壓得沙發彈了一下。特拉維斯坐在咖啡桌旁的黃色單人扶手椅上，繼續盯著我看。我感覺自己又臉紅了，真希望我不是那麼容易臉紅的人。

「阿妮亞，我們是朋友對吧？」班一邊用手肘戳了戳我的手臂，一邊問，「你不會生我的氣吧？」

不知道為什麼，但他戳我的方式讓我很想笑，於是我就笑了。特拉維斯也跟著笑，但很快就停住，還伸手摀住嘴巴，彷彿剛想起他戴著牙套，不能咧嘴讓人看到。

「嗯……你為什麼都不說話？」班開口問，歪頭看著我，「你是像特拉維斯那樣說話會結巴嗎？還是因為你不能……」他傾身向前，檢查我的耳朵是否戴著助聽器。

我搖搖頭。

「以前這兒也有一個和你一樣的男孩，是在耶誕節前來的，」班說著，

1 五英鎊相當於臺幣兩百元，匯率約為一：四〇。

「他從沒開口說半個字，即使我們每個人都買了耶誕禮物送他也一樣。伊太太告訴我們，他想說話時自然會說，只不過他現在沒什麼想說的。最後，他們不得不把他帶走。」

我抬頭看著班，感到非常恐懼。「他們」是因為他不說話才把他帶走的嗎？「他們」是誰？「他們」把他帶去哪兒了？那男孩有沒有弟弟或妹妹？如果有，他們又有什麼下場？

「不過這其實很正常，」班繼續說，「孩子們總是來來去去的。寄養兒童就是這樣，被送來這兒，然後離開這兒，通常是被換到另一個寄養家庭。我和特拉維斯在來到這裡之前就是這樣，不過現在我們想留在這兒，直到被收養——即使蘇菲不喜歡我們。被收養可是比當寄養兒童好多了，當然前提是你已經沒有任何想見的家人，不然還是繼續寄養比較好，因為只有那樣，你才能去見他們。」

特拉維斯點點頭。

我張嘴想問他們為什麼想留在這裡，還有被收養後會發生什麼事，以及這難道就是蘇菲叫伊烏江瓦太太「媽媽」，而他們沒有的原因嗎？然而，我依舊找不到聲音，張開嘴卻一個字都說不出來。

「伊太太做的濃糖太妃布丁是世界上最好吃的！」班解釋，「而且因為發生在伊先生身上的事，她沒有自己的孩子，這就是為什麼她是一個超級棒的寄養媽媽，幾乎跟真的媽媽一樣好。如果她能收養並留下我們的話就太酷了，她比我之前任何一個寄養媽媽都好。」

我想問伊烏江瓦先生出了什麼事，以及怎麼會有人擁有一個以上的媽媽，但特拉維斯卻接著說：「沒錯，她、她給我們很、很好的房間，這棟房子也比其他寄養家庭更、更好。」牙套讓他說起話來有些口齒不清，不過總比我什麼話都說不出來的好。

我環顧客廳，突然注意到牆上掛著許多不同的照片。我之前從未細看，但每一張都是伊烏江瓦太太和不同孩子的合照。有一張是她站在一個戴著超大眼鏡的紅髮大鼻子男孩身邊，另一張則是和亮黃色捲髮女孩的合影，旁邊那張照片中的男孩穿著鮮紅色短褲，看起來像中國人，一頭烏黑的直髮，亮到可以反射陽光。另外，還有一張是對著鏡頭吹泡泡的棕髮雙胞胎。

「妮亞……你看！」諾亞突然大喊，他轉過頭來看著我，同時指著電視。但我的腦子還忙著思考班和特拉維斯剛剛說的關於收養的事，沒有留意他在說什麼。我沒想過可能還有其他孩子住在其他寄養家庭……而且有的人還擁有一個以上的寄養媽媽。

「妮亞，你看！」諾亞喊得更大聲，興奮的跳上跳下，「是媽媽！我找到她了！」

我快速轉頭看向諾亞指著的電視畫面。畫面的一半是一個巨大的火球正穿越漆黑的太空，另一半則是一個棕髮男子正皺著眉頭對麥克風說話，看起來非常嚴肅。

我跑到諾亞身邊，按下他手中遙控器的調音鈕，調高音量。

「天文學家從未見過這樣的異象，它的出現引發了全球頂尖機構之間的競爭，所有科學家都在努力尋找類似的觀測紀錄，甚至一路追溯到托勒密和伽利略時代。」在男子的解說聲中，畫面從他的臉切換到戴手套的人正在翻閱古書和古畫的一些照片。第一張是一卷寫滿中文的長軸，陳舊的顏色彷彿有人將茶潑灑在上面似的；然後是一本鑲著金邊的書，上面畫著身穿色彩繽紛的長袍、包著頭巾的男人正在看望遠鏡，周邊圍繞著彎彎曲曲的奇怪文字和小點。

「從中國古代卷軸到第一批阿拉伯天文學家的日記，他們仍在天文學歷史裡尋找類似的現象……」記者的聲音再次響起。

古書的照片逐漸淡去，記者的臉再次出現，唯一不同的是現在他面帶笑容，「讓我們歡迎賈思敏．格魯瓦爾教授和格林威治皇家天文臺的天文學家亞歷克斯．威瑟斯來幫助我們了解這難得一見的現象！」

原本占據畫面右半邊的星星畫面逐漸變小，左半邊的新聞記者畫面卻越來越大，直到我們可以看到一個和我一樣是棕色皮膚、戴眼鏡的偏瘦女人站在他身旁。風將她的一頭黑色長髮吹得亂七八糟，一個留著八字鬍的灰白短髮男子站在她身後，瞇著暖棕色的小眼睛，彷彿睜不開的樣子。他們兩個人也在微笑。

「格魯瓦爾教授，從你開始吧！」記者像個塑膠娃娃般僵硬的轉身，將黑色大麥克風遞到她面前，「我們從畫面上看到的這張照片代表了什麼？」

「嗯，湯姆，我們看到的是人類之前從未見過的新現象。」女人緊張的對著鏡頭微笑，「它看起來像是一顆還在燃燒、貨真價實的星星，正從我們太陽系的一端移動到另一端，而且還非常接近地球的大氣層。」

「這聽起來可不是件好事！」記者皺眉瞪著她，好像那顆星星的存在是她的過錯似的。「不過在我們的太陽系裡飛馳而過的星星肯定有成千上萬顆，是什麼讓它如此特別？」

教授一臉沉思的轉向鏡頭，「呃，不對，實際上，星體通常不會在任何地方『飛馳』，我們也才能依此認為太陽處於固定的相對位置，並且計算光年，以及透過星座在天空中導航。太陽是離我們最近的恆星——或者應該說到昨天為止——但是它距離地球還有將近一億五千萬公里，而且我們知道如果太陽再靠近一點，地球上所有的生命都會因此滅絕。這顆星星不僅比這個距離更接近三百二十多萬公里，而且似乎正在穿越天際，和我們之前見過的都不一樣！」

「那代表了什麼？」記者抬頭仰望，彷彿期待能看到那顆星星朝他飛馳而來。他挑起一邊眉毛，轉向攝影機，以遊戲節目主持人的語氣問，「人類是否應該做好……滅絕的準備？」

女教授搖搖頭，「不，不！根據我們對這顆星體目前路徑和尺寸的估算，它的重力場引力應該不會對我們造成傷害。因為它所輻射出的熱能極大，地球可能會出現一些十分異常的現象，但由於這顆恆星是新生的，而且是我們所見過的新成星裡最小的一顆，所以它應該可以抵擋住地球的引力，迅速飛過。值得慶幸的是，它的直徑似乎只比地球大一點點。」

我倒吸一口氣，傾身靠近電視。

記者對著鏡頭點點頭，看起來像是表示同意，卻又不太確定自己到底在同意什麼，「我明白。那麼威瑟斯先生，你是否可以告訴我們，為什麼這件事對天文學界如此重要？」

老先生對記者皺眉，似乎沒聽懂他的問題，然後對著鏡頭說：「嗯……就是因為格魯瓦爾教授剛剛講的那些原因。」

記者又點了點頭，等著威瑟斯先生再說些什麼。

威瑟斯先生清了清嗓子，身體前傾，對著鏡頭更用力的瞇起眼睛，「全世界的人必須明白一點，太陽是宇宙中最接近地球的燃燒氣體團。根據物理定律，當兩顆星球距離拉近時，其中一顆一定會被另一顆的引力吸入，最後被摧毀。然而，現在兩者似乎都沒有發生，這顆星星只是……單純的經過，似乎完全沒有對我們造成任何傷害。」

「所以它是一顆超級友善的流星嗎？」記者挑眉，看著鏡頭問。

「呃……」威瑟斯先生左右張望了一下，彷彿希望還有其他人可以交談，「不……它不是流星。流星是實際進入我們大氣層的岩石碎片，但它卻是一顆確實在燃燒的星體。」

記者沒答腔，轉回去看著女教授，「那麼格魯瓦爾教授，接下來這顆星星會如何發展？雖然它現在看起來很友善，但會不會到最後還是讓地球上所有的生命走上滅絕之路呢？」他拿著麥克風問她。

格魯瓦爾教授推了推眼鏡，「嗯，」她回答，「現在全世界的天文臺都在追蹤這顆星星，只要你人在北半球就能清楚看到它。不過既然史無前例，我們自然也不知道它能飛多遠、會不會再次改變方向，或者會在何時何地停下來，但是我們可以肯定的說，它並不會消滅……呃……地球上的所有生命。」

「雖然在某些情況下這也不見得是件壞事。」威瑟斯先生喃喃自語，對記者搖了搖頭。

「妮亞！是媽媽嗎？」諾亞說著，伸手去摸螢幕上的火球照片。我能感覺到特拉維斯和班站在身後看著我們，但我不在乎。

我點點頭，試著不要眨眼。這種感覺就像每次媽媽來接我們放學時一樣，即使操場上有其他幾百個爸爸媽媽，我也總是立刻就能知道媽媽在哪兒——如果她就在附近，我會有所感覺，有時只是看到後腦勺，我就知道是她。我從來沒有認錯，一次都沒有。這次，我也知道自己沒有搞錯。

「謝謝兩位。」鏡頭轉向記者並拉近，聚焦在他臉上，「各位觀眾，全宇宙第一個！一顆沒沒無聞的新星違反了所有自然界法則，完全不把我們的地心引力放在眼裡，在天空中掙得了一席之地。現在把鏡頭交還給伊萊恩。」

記者的畫面消失在電視螢幕上，取而代之的是一個坐在大玻璃桌後面、身穿亮紫色套裝的女人。她看著鏡頭，那張星星的照片還在她身後，於是我靠向電視，伸手撫摸它。

「謝謝湯姆・布拉德伯里為我們帶來全新的天文現象報導。如果你希望幫皇家天文臺為這顆新星命名，可以訪問他們的網站：www點rmg點co點uk斜線royalobservatory，了解他們剛發表的命名徵選比賽的所有細節。接下來，讓我們一起看看為什麼美國新建的邊境牆會在太陽底下崩解……」

新聞主播背後的畫面改變，星星照片不見了。

「媽媽！」我只顧著大喊，甚至沒有意識到自己的聲音回來了。

第四章★媽媽的星星

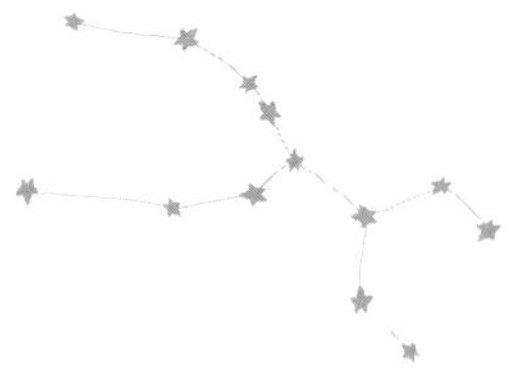

「我的老天爺啊，你真的會說話！」班驚呼。我從電視上的倒影可以看出他大吃一驚，也看到了特拉維斯正盯著我的背。「可是……你為什麼叫那顆星星『媽媽』？」

「妮亞，真的是她嗎？」諾亞輕聲問我。他的大眼睛水汪汪的，我可以在他的瞳孔裡看到自己的整張臉。

我點點頭，轉身看著班和特拉維斯。我必須在伊烏江瓦太太進客廳前問他們幾個問題，於是我張開嘴巴，同時在心裡對我的聲音承諾，如果它乖乖的，我一定永遠對它好。

「我、我可以……這房子裡有電腦嗎？」我問。我的聲音很奇怪，彷彿根本不屬於我，而是錯拿了誰的聲音回來似的。它聽起來很破碎、很小聲，但是沒關係，最重要的是我能說話了，而且我可以用它來找到媽媽。

我必須找到剛才那個新聞主播提到的網站！我得知道媽媽的星星到底在哪裡，還有那個主播說要大家幫忙命名是什麼意思。如果她正從北半球上方飛過，就表示她應該在附近，因為從我的星球儀可以知道，我們也住在北半球。換句話說，我從伊烏江瓦太太家的窗戶看出去的星空，就是媽媽的星星正在經過的那片星空。

特拉維斯點點頭，「我房、房間裡有、有一臺電腦是用來寫作業的。」他說完，臉都紅了。

「是為了找到新聞裡提到的那個網站嗎？」班問，「關於那顆星星的？」

我又點點頭。班皺起眉頭，開始咬著下脣。我看得出來他心裡有很多問題，而且他需要將其中一些問出口。

「但……但是你為什麼想了解那顆星星？還有你為什麼叫那顆星星『媽媽』？你媽媽並不是天空裡的星星，她是——」

班的話還來不及說完，就突然被諾亞的喊叫聲打斷，「是，她就是！她是一顆星星！」接著他跑向班，憤怒的伸手推他。

「嘿！」班一臉困惑，將雙手舉在胸前，防止諾亞再動手推他。

「你要道歉！」諾亞大喊，他氣得漲紅了臉，五官像切開的葡萄柚似的皺成一團，開始使盡全力去打班的手臂。

「對不起！嘿，我已經道歉了！」班痛呼一聲，「好痛！」

我抓住諾亞的手，「別再打了，諾亞，他又不知道！」

「但他說那不是媽媽！」諾亞大叫，生氣的擰起眉頭瞪著班。他一頭捲髮在顫動，因為他整個人都在發抖，眼睛瞪得大大的，蓄滿淚水。

班後退一步，依舊滿臉困惑。

特拉維斯皺著眉，先看看我，再看看諾亞，然後將視線移向班，最後他小聲的說：「我讓你用我房間裡的電、電腦……但你解、解釋給我們聽好嗎？」

班緊張的揉著手臂，點了點頭，往前跨了一步，「你可以告訴我們，我們保證不會告訴任何人。」

我試著讓諾亞站著別動，同時思考自己應該怎麼做。如果我告訴他們真相，班和特拉維斯可能會認為我在撒謊或胡說八道，因為其他人不想相信你時就會那麼想，即使你說的話都是真的。

我很清楚，因為以前每當媽媽試著告訴艾琳奶奶和凱西姑姑，為什麼我們廚房裡所有的盤子又不見了，或者為什麼她必須在夏天穿長袖衣服時，她們都指責媽媽在撒謊、胡說八道。還有一次，因為爸爸搬動家具太過激烈，弄壞了廚房的餐桌和三張椅子，有個警察來我們家察看，他叫媽媽不要再歇斯底里了——我知道那肯定是騙子的另一種說法，因為他一說出口，媽媽就安靜下來，從此再也沒有因為家具的事向警方求助。

然而，班和特拉維斯不是警察，也不是艾琳奶奶或凱西姑姑，他們還是有可能會相信我的。

我強迫自己再次張開嘴巴說：「我是一個星星獵人，電視上的那顆星星是我們的媽媽。幾天前她離開我們，變成了一顆星星——我聽到了她的聲音，諾亞也聽到了。我一直在找她，她也一直在找我們，現在她告訴我們她的確切位置，從此我們就不會再失去她了。」

諾亞握住我的手，像企鵝一樣挺起胸膛，抬頭看著我，似乎既害怕又高興。我也微笑的看著他。我以前從未把這些話大聲說出口，但現在我的聲音回來了，親口說出這些事，並聽到自己發出的聲音，感覺非常好。

這讓我想要一遍又一遍的說，甚至大聲喊出來：「我是一個星星獵人，我找到我媽媽的星星了！」

「你是什麼人？」班困惑的皺起鼻子問。

特拉維斯把頭髮撥到耳後，彷彿想確定自己確實聽清楚了。

「星星獵人——大人稱他們為『天文學家』。」我解釋。

「喔，」班回應，「但你不可能是天文學家，你還在念書呢！」他瞇起眼睛看著我，好像我是一個偽裝成十歲兒童的臥底間諜。

特拉維斯張開嘴巴瞪著我，看起來好像突然發現了一個裡頭充滿隱形文字的山洞，一時之間不知道該如何是好。

「還在念書也可以成為星星獵人，」我邊說邊搖頭，不禁懷疑班和特拉維斯有沒有去過圖書館，「你可以看書自學，有時學校裡也會教導相關知識。」

「喔。」班皺著眉頭回應，看起來似乎不是很相信我的樣子。

「而且，我不能等到完成學業再去當星星獵人。我必須現在就找到媽媽，這樣我們才不會再度失去她。」我補充。

「但是你媽媽不是……」班眉心的皺紋從原來的兩道蹙成了三道。特拉維斯閉上嘴，像尺一樣站得直挺挺的，低頭看著地板。

突然間，我明白了他們腦子裡在想什麼。

「她沒死。」我說，心裡同時湧出兩種情緒，既為他們感到抱歉，又對他們感到憤怒。

「她沒死？」特拉維斯抬起頭，驚訝的問。

「沒有，她就在那裡。」我指著客廳那兩扇大玻璃門外面。

班以期待看到鬼的表情望向我身後，兩道眉毛像被放進烤箱裡的生麵糰般高聳起來，「你的意思是……在花園裡？」

諾亞咯咯笑，用手遮住自己的臉，彷彿不敢相信班居然這麼傻。

「不是，」我說，試著不要跟著笑出來，「我的意思是在天上。我已經說過了，你沒聽懂嗎？媽媽擁有一顆非常特別的心，這讓她的心超級閃亮。如果你擁有超級閃亮的心，當你必須離開時，你的心就會從身體飛出來，變成一顆星星，這樣星星就能守護所有它不得不捨下的人，因為它其實是不想離開的。所有最棒的人都在那兒——國王、皇后，以及數百萬個不忍心永遠離開的特別人物。」

「你的意思是，像那些足球明星和有名的歌手？」班一臉感動的問。

「也許是吧！」我聳聳肩。

「太酷了……」班點點頭，彷彿覺得事情慢慢的變得合理了。

「但是星星又、又不是人，它們只是一團燃、燃燒的氣體……」特拉維斯說著，怯怯的看著我，好像怕我會因為他的話而生氣似的。

「這些可不是我編出來的！」我向他們保證，「我讀過所有相關的內容，一些最有名的星星獵人和科學家認為世界上的一切都是由古老星球的塵埃組成的，甚至連人類都是，所以我們死了之後也會進入循環。如果是普通人，會在被埋入土裡後以正常的方式進入循環；如果是真的很特別的人，就可以飛上天空，在那兒進入循環。事實上，《獅子王》裡也提過這件事。」

我補充說明，突然很希望能再看一遍《獅子王》，好讓班和特拉維斯明白我的意思。

「你是說那部動畫？」班驚訝的張大嘴巴。

我點點頭沒出聲，因為開始覺得喉嚨痛了。自從可以開口說話後，我顯然使用過度，然而我一點都不想停下來。我用力嚥下口水，繼續說：「雖然那是一部動畫，但卻是以事實為基礎所編出來的故事。電影裡頭談到了生命的循環，以及所有的一切是怎麼循環的——裡面講的都是真的。而且星星並不只是一團氣體，它們需要氣體才能保持燃燒，因為那就相當於它們的氧氣。可是實際上，所有的星星都有一顆心，即使是那些離你非常非常遠、幾乎看不到的星星也一樣。因為在死後，如果你的心非常特別，它就會被拋向空中並留在那兒，而身體的其餘部分才會留在土裡。不然你以為為什麼所有的星星都有名字，還有關於它們的故事？」

「但那不是……」班的嘴巴彷彿突然失去作用，他腦子裡的問題太多，多到無法有條理的大聲發問，「那麼把心拿出來，拋上天空的到底是誰？」

「造星者！」諾亞大喊，跳起來模仿獅子咆哮，開始繞著客廳跑。

班和特拉維斯看了他好一會兒，才又轉頭看我。

我聳聳肩，「我不知道。我沒有每個問題的答案，即使是經驗最豐富的星星獵人也沒有全部的答案。我只知道媽媽的心如今已經成為一顆星星，凱蒂也是這麼說的——我們來這兒之前，就是她照顧我們的。她對警察說，媽媽現在在天堂了，她會永遠從天上看顧我們。警察回應說很遺憾有些人這麼快就被帶走，但現實世界就是這樣。所以我沒說謊。」

班和特拉維斯都沒再說話。我看得出來他們在認真思考我剛剛說的一切，而且我相信他們無法與我爭論，因為沒有人可以辯贏科學家和星星獵人，除非他們自己就是科學家或星星獵人。班和特拉維斯跟我不一樣，他們不是星星獵人。

特拉維斯擰緊的眉毛遠看像極了一條在額頭上蠕動的毛毛蟲。幾秒鐘後，他問：「當、當人變成星星時……會、會發出、出、出什麼樣的聲音？」

諾亞停止奔跑，走過來抓著我的手臂。我閉上眼睛，回想之前所聽到的。我記得那個爆炸聲，也記得耳朵裡那種怪異的感覺，還有導致我短暫耳聾的那個奇怪而尖銳的噪音。我記得因為腳下的地面似乎在搖動而感到頭暈目眩，但我不知道該如何描述這一切，所以只是說：「很大聲，而且很嚇人。」

特拉維斯點點頭，一臉他也在努力回想的樣子。

「如果她……呃，真的變成了星星，你打算怎麼辦？」班問。

「我要仔細留意她的消息，」我回答，諾亞也點頭，並高興的拉著我的手臂，「我得找出她會在天空的哪個地方停留，確保我們可以一直看到她，而她也可以一直看到我們。」其實我很想知道爸爸是否也會這麼做，如此一來，也許他會和我們同時找到媽媽，然後他就能帶我和諾亞回家。但是不知道為什麼，我並不想告訴班和特拉維斯自己偷偷這麼想。

「這是我聽過最蠢的事了！」一個聲音從客廳門口傳來。

我們全都轉過身，諾亞不再拉扯我的手臂。蘇菲站在門口，用手指爬梳她的紅色長髮，她的眼睛閃閃發光，嘴角勾起，明顯是在嘲笑我。她已經換下校服，改穿牛仔褲和印著流行樂團成員的T恤——印在她衣服上的臉孔看起來也像在嘲笑我。

「你媽媽才不是星星！」她說，「她走了，再也不會回來了！她很可能是故意的，如果我認識像你一樣蠢的人，我也會那麼做。」

蘇菲大聲說完後整整三秒鐘，所有人都沒有反應，彷彿她的話讓我們全凍成了雕像。

慢慢的，我感覺自己的嘴巴張開，「你把話收回去！」就這麼脫口而出，然後我聽到班和特拉維斯也說了些什麼，同時看到諾亞跑向門口，一腳踢向蘇菲的小腿。

「唉唷！住手，你這個小鬼！」蘇菲大喊，將他推倒在地，「媽媽！媽媽！快來，諾亞瘋了！媽——媽——」

「怎麼了？出了什麼事，嗯？」伊烏江瓦太太說著，衝進了客廳，她身上的圍裙脫到一半。

突然間，蘇菲大聲尖叫。

只見諾亞滑坐到地板上，氣憤的咬住她的小腿。

「諾亞！不可以！」伊烏江瓦太太一邊喊，一邊拉開他，可是諾亞哭得全身顫抖，拳打腳踢的反抗，什麼都聽不進去。

「這是……這是我的錯，媽媽，」蘇菲裝出一臉悲傷的樣子，好像她真的很抱歉一樣，「也許我說了一些不該說的話……」

「諾亞，停下來！立刻！馬上！」伊烏江瓦太太命令，緊緊的抱住諾亞，生氣的問，「蘇菲，你到底說了什麼？」

「我只是說我很難過他們想念媽媽，然後……」蘇菲揉著小腿上的牙印，無奈的聳了聳肩，「他就開始踢我。」

我這才想起自己的聲音已經回來了，我可以告訴伊烏江瓦太太，蘇菲是想撥動她的開關。我張開嘴，但無法發出任何聲音，只能像一條在找尋食物的魚，不停的打開、關上。

「妮亞，她在撒謊！」諾亞大喊，同時踢著腿，想從他站的地方再踢蘇菲一腳，可是伊烏江瓦太太還緊緊抓著他的手臂，而蘇菲則離他太遠了。

「看吧！」蘇菲嘟囔一句。

「諾亞，不行！我們這裡絕對不允許打人、揍人、踢人、咬人！」伊烏江瓦太太彎下腰，她的臉離諾亞的臉很近，「絕對不行！蘇菲不是故意要說那些讓你不高興的話，她很抱歉，對不對，蘇菲？」

蘇菲故作傷心的點點頭，可是伊烏江瓦太太一轉頭，她立刻對我們露出挑釁的笑容。

諾亞跑回我身邊，生氣的用我的上衣擦自己的臉和眼睛。

伊烏江瓦太太站起身，先看看我和諾亞，再看看低頭瞪著地板、試著不和任何人有目光接觸的特拉維斯和班。

「好了，今晚已經夠熱鬧了，請每個人都上樓吧。」伊烏江瓦太太一臉哀傷的對我和諾亞搖搖頭，「班、特拉維斯，去寫功課，然後上床睡覺。蘇菲，請開始複習數學。諾亞，雖然你今天表現得不好，但我知道你並不曉得我們禁止打人和咬人的守則，所以希望這是你第一次，也是最後一次做這樣的事情，好嗎？聽著，明天有非常重要的事等著你們兩個，所以趕快上床睡覺。幾分鐘後，我會上樓檢查。現在開始行動！」

蘇菲第一個跑向樓梯，發出砰砰砰的腳步聲，然後用力甩上房門。班和特拉維斯就在我們前面，默默的拖著腳步走在走廊上。我看得出來他們有話想說，但伊烏江瓦太太跟在我們後頭。她停在樓梯下方，看著我們走上去，說：「不要發出太大的噪音。還有特拉維斯，不要玩電腦遊戲！」然後轉身走向廚房。

當我們走到二樓樓梯口時，特拉維斯在淺灰色的房門前停下，一個寫著「特拉維斯的房間」的牌子掛在門上。他把瀏海從眼睛前面撥開，轉過身，

「我們等一下再、再去找你，讓你用、用我的電、電腦。」他低聲說，眼睛再度睜大，彷彿想確定我聽懂他的意思。

「對，」班補充，「等伊太太進來檢查過所有人之後。所以不要太早睡著，知道嗎？」

我點點頭，和諾亞看著他們打開各自的房門，走了進去。

「妮亞，他們是我們的朋友嗎？」當我們經過蘇菲的紅色房門時，諾亞輕聲問。她的門上貼了一張寫著「保持距離」的大海報，下一扇房門是紫色的，上面掛著一塊白板，寫著「阿妮亞和諾亞」。那塊白板已經沒那麼白了，上面有許多粉紅色和綠色汙漬，是在我們之前寫下的名字被擦掉後留下來的。

「是，」我打開門，跟著諾亞走進去，「我想是的。」

我幫諾亞做好睡覺前的準備，自己也換上睡衣，兩個人一起躺在床上，等著在伊烏江瓦太太進來時假裝睡著。這種感覺就像從前在家裡聽到爸爸的車開回來時，媽媽會叫我們快點上床一樣。我們一個跑得比一個快，立刻上床假裝睡著，這樣爸爸才不會發現我們違反了他的就寢守則。不過以前我和諾亞沒有一起裝睡過，所以這次就更好玩了，而且也沒那麼可怕。尤其是我們已經知道媽媽打破了地球上所有的守則來找我們，我們再也不會感到孤單。

於是我一手緊緊抱住諾亞，一手握著我的銀色盒墜項鍊，閉上雙眼，等待班和特拉維斯來我們的房間。

第五章 ★ 銀河系最大的徵選比賽

伊烏江瓦太太進來向我和諾亞道晚安，並開玩笑的叫我們小心別讓臭蟲給咬了，結果嚇得諾亞立刻把頭埋進我懷裡。我們等著班和特拉維斯來接我們，但沒過多久，諾亞就睡著了，於是我從枕頭下拿出自製的星空圖，走到窗邊坐下，拉開藍色的大窗簾，眺望夜空。

伊烏江瓦太太家的窗戶都沒有掛白色蕾絲窗簾，這點我很喜歡，因為這樣就不會擋住星星獵人的視線。在媽媽帶我們躲起來的那間不是真正旅館的旅館裡，薄薄的窗簾又臭又髒，原本的白色都變成了黃色，讓我感覺自己像一隻被困在殘破蜘蛛網裡的蜜蜂。然而在今晚，即使窗戶超級乾淨，也沒有礙事的破舊窗簾，我還是看不到任何星星，因為天空中飄著許多巨大的雲朵，擋住了視線，就連月光都無法穿透雲層，像是需要更換電池的手電筒一樣，只能隱隱約約透著微光。

我豎起耳朵仔細聽，等著班和特拉維斯來接我們，但四周安安靜靜的，於是我打開星空圖，利用牆上夜燈的黃光，試著猜測媽媽的星星可能會飛到哪個位置。我希望她會落在容易發現的星座附近，比如獵戶座的腰帶或北斗七星的勺子。也許她會遇到另一個本來就認識的人，像是她的媽媽或爸爸——塞米娜外婆和佩德羅外公都是很特別的人，我確定他們也會變成星星，這樣她或許可以跟他們之中的一個成為聯星，也就是像家人一樣連在一起的兩顆星星。就在我想著不知道媽媽的星星是否在找尋他們時，我聽到嘎吱一聲。

我轉身，看到臥室的門被緩緩推開。我知道不是伊烏江瓦太太，因為她總是俐落的打開門，接著人就進來了，絕對不是這樣慢吞吞的。我很快的把星空圖折好，藏進旁邊的窗簾後面。

「阿妮亞？」

一大團蓬鬆的頭髮從門縫中探出來，然後是瞪大眼睛的臉。

「我在窗戶邊。」我低聲回應，站了起來。我的聲音又回來了，而且也不再覺得自己像條魚，一切似乎都變得容易許多。

「走吧！」班壓低聲音，很快的轉頭望向身後好確定走廊上沒人。

我回頭看諾亞是否被吵醒。我不想留下他，自己一個人出去，但他的一條腿伸出棉被外，呼吸聲沉重，顯然睡得很香，所以我決定不叫醒他。

我躡手躡腳的走向門口，班等在一旁，伸出手指放在嘴脣上，「小心一點，別讓蘇菲聽到我們的聲音，」他輕聲說，「否則她會找我們的麻煩。」

我點點頭，學著他的腳步避開會嘎吱作響的地板，小心翼翼的跟著他來到特拉維斯的房間。除了我和諾亞的房間，我從沒進去過別人的臥室，也沒想過會是什麼樣子。伊烏江瓦太太為我和諾亞準備的房間很好，但遠遠不如特拉維斯的房間那麼酷。

特拉維斯的房間就像一間專門蒐集漫畫和超級英雄玩具的博物館，牆壁是讓人聯想到宇宙飛船的銀灰色，上面貼了許多海報，主角全都是棕黃色頭髮、大眼睛和小鼻子的動畫男孩，以各種姿勢站在碩大的「棋靈王」文字之下。書桌對面的牆放了一個極大的書櫃，裡頭裝滿數百本漫畫和非常多超級英雄迷你人偶。如果我有個最棒臥室排行榜，它絕對名列前茅，這讓我不禁在想，班的房間會是什麼模樣？

「我不該在熄、熄燈之後還用電、電腦，」特拉維斯悄悄的招手叫我過去，「所以你得保、保證不告訴任何人。」

我點點頭，「我保證！」

特拉維斯坐在他閃閃發亮的黑色電腦桌後，迅速輸入密碼。我試著不去看，可隨即就看到他的密碼是「TravisHik123」。這讓我立刻想起爸爸，因為我知道他會搖頭，並告訴特拉維斯應該把密碼改得難一點。爸爸的電腦密碼至少有十三個字母，而且非常難，難到有時連他自己都記不清楚。

《棋靈王》動畫男孩的臉出現在電腦螢幕上，特拉維斯打開搜尋網頁，輸入「全新的星星新聞」，一長串的網站立刻出現。他用滑鼠點開了第一個，那是一篇關於媽媽的星星的短篇新聞。

「不對，」我說，「這並沒有說到星星的去向。或許我們應該試著了解一下剛才新聞主播提到的徵選比賽？」

特拉維斯點點頭，換了搜尋關鍵字——「新星命名徵選比賽」。

這次出現的搜尋結果全是關於如何購買星星，或是怎麼參加嬰兒命名比賽的網站。

「為什麼會有人舉辦比賽來幫自己的孩子命名？」班提出疑問，並從他連帽衫的帽子裡取出一塊餅乾，大聲咀嚼。

「也許我們可以試試新聞主播說的網站？」我建議。

「你、你還記得？」特拉維斯問我。

我點點頭，閉上眼睛，讓大腦回想新聞主播的聲音和她說的話，然後開口重複。

特拉維斯輸入網址：www.rmg.co.uk/royalobservatory，不到一秒鐘，黑色的網頁填滿了整個螢幕，我所見過最令人興奮的文字以閃爍的白色字體展現在我們眼前——

參加銀河系最大的比賽，幫助我們為新星命名！

〈點擊此處，了解細節〉

班發出小小的「哇」一聲，特拉維斯移動滑鼠，很快的點擊了最後一句，另一個網頁隨即打開，最上方是一張媽媽的星星燃燒著穿越太空的巨幅照片。我感覺胸口好像有氣球在膨脹，鼻子也開始發癢，我知道這是因為我為媽媽感到驕傲。她是這麼努力的在找我和諾亞，也因此備受矚目！

特拉維斯將網頁往下拉，兩個數字出現在媽媽的星星照片下，一個數字持續遞減，另一個數字則不斷跳增，而且看不出規則。在我們剛看到第二個數字時，它是23,221，過一會兒就成了23,428，然後是23,512。

我們傾身向前看，班唸出聲音：

倒數計時 51:52:15

參加人數 23,578

成為太空歷史一部分的機會只剩三天！

格林威治皇家天文臺邀請你幫忙為史上第一顆近距離接觸地球的星星命名！

格林威治標準時間十月二十九日星期四下午兩點二十八分十五秒，我們的天文學家率先發現一顆在太陽系中閃耀的新生星星。這顆看似普通的星星，如今因為和地球過於接近而備受矚目，然而它並不會直接撞向地球表面，而是違反了物理定律，將自己拉向外太空更遠的角落！

為了紀念這個非凡的奇蹟，記錄天文學史上的第一次，在它登上銀河系舞臺的同時，我們為世界公民提供了獨一無二的機會來為這顆新星命名。

參加辦法

只需在截止日期前填寫報名表（點擊此處），告訴我們你想為新星取什麼名字，以及背後的原因。命名僅限一個單字，不限來自世界任何角落，但所有參賽者都必須使用英文字母拼寫。

每人僅限參加一次。

未滿十六歲的參賽者，必須提供父母或監護人的姓名及電子郵件信箱。

截止時間

所有參賽作品必須在十一月一日星期日凌晨十二點前提交。

得獎命名遴選辦法

報名截止後，將由電腦隨機選出得獎者，獲獎命名將於十一月一日星期日晚上七點在克羅諾斯晚宴現場透過全球電視直播公布。這場盛會是為了紀念克羅諾斯腕錶公司成立兩百五十週年，將在倫敦格林威治的彼得·哈里森天象館盛大舉行。

我們將以電子郵件通知得獎的參賽者，並致贈獨一無二的命名證書，以及限量特別版的克羅諾斯腕錶。

網頁底部放了一大張繫著黑色絲帶的卷軸照片，我從沒見過那麼漂亮的手錶——海軍藍的錶面，銀色數字鑲在周圍，邊緣則閃爍著許多小星星，最特別的是它沒有普通那種直而尖的指針，而是以銀色流星為分針、新月為時針，手錶中間以極小的金色花體字寫著「Kronos 250」。

「哇，」特拉維斯說，「這是我所見、見過最炫的手錶了。」

「沒錯，」班點點頭，「就像〇〇七系列電影裡詹姆士・龐德戴的一樣。」他突然陷入沉默，望向窗外，凝視夜空。我猜他是在想像自己戴著手錶的樣子。

特拉維斯將網頁拉回最上面，「可、可是你們看，參、參加的人已經這麼多了。」他指著第二個數字，現在跳到了24,112。

班傾身向前，將手搭在特拉維斯的肩膀上，搖了搖頭，「更別說還有五十一個小時才會截止。」

我看著第二個數字，忽然明白它所代表的意義，胸口傳來一陣悸動，「但是……但是他們不能讓別人給我媽媽的星星取名字啊！」我說，「我們必須讓他們知道她已經有名字了。」

「也許我們可以在報名表上告、告訴他們？」特拉維斯提議，將頁面往下拉到報名表的所在位置。

班搖搖頭，「他們不會看到的，他們收到的報名表可能不只一億張！銀河系裡的任何人都可以參加，記得嗎？」

特拉維斯點點頭，「等、等一下，」他說著，將網頁向下拉，在最底部，頁面變黑的部分列了幾行文字。他湊上前，用滑鼠在「聯繫我們」上點了兩下，「也許我們明天可以趁著伊太太沒、沒注意時，打、打電話給他們。」

但是當新網頁打開時，只有一張天文臺位置圖和一個電子郵件信箱，沒有任何電話號碼。

「不如發電子郵件給他們吧！」班開口說，「我和特拉維斯都有電子郵件信箱，我們兩個可以各發一封。」

我搖搖頭，「你們看。」我指著電子郵件信箱下面的一行小字。

特拉維斯和班都傾身向前，特拉維斯大聲將內容唸出來——

「所有的諮、諮詢郵件將在七天內收、收到回覆。如果你想聯、聯繫已知的工作人員，其電子郵件信箱格式為『名字．姓氏@rog.co.uk』。」

「什麼鬼東西！真是垃圾！」班低喊，咬了咬嘴脣，「我們不認識任何工作人員……而且我們也不能等上七天啊！」

「阿妮亞，你記得那位教、教授的名字嗎？」特拉維斯滿懷希望的抬頭問我，「新聞節、節目上的那個，就像你記、記得網址一樣？」

「對喔，她也算是工作人員之一。」班說完，伸手拍了拍特拉維斯的背，「你真聰明！」

我閉上眼睛，努力回想。我可以在腦海裡看到她長長的黑髮、眼鏡的顏色，以及新聞記者提問時她的表情，但是卻想不起她的全名……

我搖搖頭，「只記得她好像叫格魯什麼教授。」

「那我們現在該怎麼辦？」班絕望的看著我們問。

我們默默盯著電腦螢幕，特拉維斯在網頁左上方的「返回上一頁」箭頭上一點，命名比賽的頁面再次出現。突然間，我彷彿感覺大腦猛的彈跳一下，撞上我的頭蓋骨。它找到答案了！

「我知道了，我們可以直接去星星獵人的所在地！他們都在倫敦，所以不可能離得太遠。」

我看著班和特拉維斯，等著他們和我一樣變得興奮，可卻看到他們兩人都皺起了眉頭。

「我們從來沒有去過倫敦。」特拉維斯說。

「有，當然有，」我說，思忖他們兩個到底是怎麼回事。「我們現在不就是在倫敦嗎？」

班搖搖頭，「不是，也許你以前是住在倫敦，和你的爸爸媽媽一起。之前……」

我看著班和特拉維斯，懷疑他們是不是在捉弄我，可是他們看起來非常嚴肅，讓我頓時覺得有點頭暈目眩。我試著思考，那天晚上媽媽將我和諾亞從學校接走，告訴我們要跟爸爸玩捉迷藏，於是我們上了一輛計程車，車子開了很長一段時間。我之所以知道計程車開了很久，是因為我睡著了，而等我醒來時，太陽已經下山。我知道媽媽玩的捉迷藏遊戲讓爸爸找不到我們，但我不知道我們居然離開了倫敦！

穿黑色套裝的女士沒有告訴我們寄養家庭的所在地，也沒有告訴我們這兒離我們真正的家有多遠，她只是不斷告訴我們，一切都會好起來的。

「哪裡……我們現在在哪裡？」我問出口，可以感覺到自己的聲音在顫抖，彷彿它隨時都會再度消失。

班和特拉維斯仍舊沒有說話，一臉不知道該怎麼辦的表情，互相看著對方。我感覺到有什麼東西從鼻孔流下來，我生氣的把它擦掉。

過了一會兒，班小聲的說：「韋弗利村。」彷彿很為我感到難過的樣子。

「在牛津附、附近。」特拉維斯補充說明。

我聽說過牛津字典，但不曉得牛津在哪裡，所以我不知道自己該有什麼反應。

「這裡離倫、倫敦很遠。」特拉維斯解釋，然後再度陷入沉默。

我緊閉雙眼，試圖趕走突然襲來的刺痛感，但是我做不到，眼淚不停湧出，沒過多久，連鼻涕都流了下來。

「別哭，阿妮亞，」班說，伸手拍了拍我的肩膀，「一切都會好起來的。我剛到這裡時，也有過同樣的感覺。」

「是啊，」特拉維斯一邊說，一邊揉著自己的鼻子側邊，彷彿突然間想把它擦得亮晶晶似的，「我以前和我媽媽住在海、海邊，剛搬到這裡時也是不太能適應……」

我點點頭，覺得有些不好意思，尷尬的用睡衣袖子背面擦了擦臉。

我看著班和特拉維斯，張開嘴，可是我的聲音又消失了。於是我試圖用眼神告訴他們，不管我們離倫敦有多遠、不管向星星獵人傳遞信息有多難，這些都無所謂，電腦說我還有五十一個小時來阻止他們給媽媽的星星取錯誤的名字，而那就是我要去做的事。

第六章 ★ 時間耍花招

第二天早上吃早餐時，伊烏江瓦太太邊烤吐司邊跳舞，班和特拉維斯不停的竊竊私語，然後一起轉過頭來看我。我不知道他們在討論什麼，直到班靠向餐桌，用手遮著嘴低聲說：「阿妮亞，我們今晚得再碰一次面……為了那件事，你知道我在說什麼吧？」

我點點頭，因為我也有很多話想告訴他們。

「你看。」特拉維斯壓低聲音說。他傾身向前，左右張望以確保蘇菲不在附近，然後遞給我一張紙。

我迅速展開那張便條紙，看他寫了什麼。上面沒有任何文字，只有很潦草的數字：

40:35:11

1,089,247

時間不多了。

「那是什麼？」蘇菲問。

由於諾亞一直拿著湯匙敲打桌面，並大聲自言自語的說出所有他打算要在早餐吃的東西，所以我們三個都沒發現蘇菲進來了。

我趕緊把紙條在手中揉成一團，塞進褲子口袋，等著看她還會說些什麼。就連諾亞也安靜下來看著她，彷彿知道她很危險。但她只是瞇起眼睛，甩了甩馬尾，說：「反正不關我的事。」然後坐到椅子上。

「吃早餐了，」伊烏江瓦太太把一大盤塗滿黏糊糊的巧克力醬、放了香蕉切片的烤吐司放在桌上，「週五巧克力香蕉吐司！沒有人能說我不寵你們吧？」

班和特拉維斯各自抓起一片，立刻就往嘴裡塞，彷彿已經餓了一整年。諾亞興奮的跳上跳下。我放了一片在他的盤子上，看著他像蜥蜴一樣伸出舌頭開始舔起香蕉。

「阿妮亞？」伊烏江瓦太太開口，「你也要吃。你真的得開始正常進食，親愛的，否則我得帶你去看醫生了。在這屋子裡，我們不容許小孩沒吃飽！」

我點點頭，也放了一片在自己的盤子上。我刻意想取悅伊烏江瓦太太，這樣她就會告訴我韋弗利村離倫敦有多遠。自從媽媽離開後，我第一次覺得肚子餓了。

「謝謝你，伊烏、伊烏江瓦太太。」我咬了一口後說。

「天啊，我聽到了什麼？」伊烏江瓦太太驚呼，她盯著我，然後看向餐桌旁的每一個人，「你說話了！阿妮亞，你的聲音回來了！」她拍拍手，跳起來擁抱我，「喔，太棒了！今晚我們得好好慶祝一下，嗯？待會兒你的社工師聽到後，一定會超開心的。」

特拉維斯和班偷偷的對我微笑，諾亞大喊，「對，對，對！」然後手中的湯匙更用力的敲打桌子。我忘記伊烏江瓦太太昨天並沒有聽到我說話，所以我也笑了。我相信伊烏江瓦太太對我的表現越滿意，我提出問題時就越能得到需要的答案。

「媽媽，別傻了，」蘇菲吞下一口吐司說，「她昨天就開始說話了，我早就聽到了，只是她一直瞞著你。」

「喔……」伊烏江瓦太太的笑容頓時萎縮。

我隔著餐桌和蘇菲對視。她臉上沒有笑容，但我能看得出來她正在心裡嘲笑我。

「嗯，無論如何，這實在太棒了！」伊烏江瓦太太說，努力想裝出像一開始時那麼高興的樣子，「我們當寄養媽媽的不需要什麼都馬上知道，對吧？嗯？」

我不知道該說什麼，所以只是看著蘇菲，第一次用「我、恨、你」的目光瞪著她。我從來沒有用這種目光瞪過任何人。以前學校有個叫史蒂芬的傢伙老喜歡叫我和諾亞「雜種」，因為我們的媽媽來自巴西，而爸爸是英國人。即使我那麼討厭他，也沒有這樣瞪過他。但我顯然沒在目光中成功傳送出我的恨意，因為蘇菲連眉毛都沒皺一下，看起來也不難過，反而一直將微笑掛在臉上，直到她拿起書包出門上學。

在班和特拉維斯也去上學後，我吃完一整片吐司，然後伊烏江瓦太太叫我帶諾亞上樓去拿衣櫥裡的外套，因為她要帶我們出門。

「你是說去別的地方？」我問，突然感到很興奮。自從來到寄養家庭，我們最遠只去過後面的花園，可是圍牆將花園和外面隔了開來，所以不算真的出門。

「對，」伊烏江瓦太太微笑的點頭，「去別的地方。我們今天要跟你們的社工師碰面，還有一位非常特別的警察。快去準備吧，動作快，我們快來不及了。」

我牽著諾亞的手上樓，已經不再感到興奮。我不知道「社工師」是什麼，但聽起來不像是個有趣的人。而且我不喜歡警察，不管他們有多特別，因為從我們躲在那間不是真正旅館的旅館開始，媽媽每次見完警察總是會哭。不過，如果我們去別的地方，那麼我就可以看出我們在哪裡，以及附近是否有火車站可以搭車去倫敦。

在我幫諾亞穿上外套和鞋子後，伊烏江瓦太太幫我們爬上她的車，將車駛出家門。車子起初沿著一條彎曲的長路行駛，路上有許多不同顏色的房子，但沒多久房子消失了，路面越來越窄、越來越小，小到有車從對向開過來時，伊烏江瓦太太就得停下等對方通過。我從沒見過這麼糟的路，也沒有印象當時穿黑色套裝的女士帶我們來時走的是這條路。

過了一會兒，路面又變大了，接著我們來到一個車水馬龍的繁華小鎮，路旁所有的建築都是用同樣的金棕色石塊建造而成。我將臉貼在車窗上，把鼻子都壓扁了，試圖去讀路上的標誌，但是找不到任何往倫敦的路標，連指向火車站的路牌都沒有。

「終於到了！」伊烏江瓦太太在我們轉進一條小巷時說。她將車子停在一棟大建築物旁，建築物的正面以巨大的白色字體寫著「牛津兒童服務中心」。

「妮亞，看！」諾亞指著車窗外，大樓前有一個被漆成毛毛蟲造型的大溜滑梯，「我們可以在那裡玩一下嗎？拜託拜託！」在伊烏江瓦太太協助他下車時，他雙手合十的懇求。

她搖了搖頭，抬手拒絕，「現在不行，諾亞。不過，如果你答應會乖乖聽話，等事情結束後可以讓你玩一下，好嗎？」

諾亞點點頭，第一次讓伊烏江瓦太太牽他的手。

我不想牽伊烏江瓦太太的手，但她似乎並不介意，只是讓我跟著她和諾亞走進大樓。

「伊烏江瓦太太？」一位女士在我們走進接待處時詢問。她穿的針織衫上面有一隻閃閃發光的熊貓，黃色捲髮像一盤義大利麵，還有一雙亮藍色的眼睛。一個穿白襯衫、黑長褲的高個子女人站在她身邊，頭髮編成一條大辮子，她戴著一副和眼睛一樣圓的銀框眼鏡，看起來就像一個機器人。

伊烏江瓦太太點點頭。

「嗨，我是特雷弗斯女士，她是刑事偵緝處的卡洛琳．路易斯警探。你們一定是阿妮亞和諾亞吧？」女人彎下腰說。她伸出手，等我和她相握，然後把手伸向諾亞。

「請跟著我們走。」特雷弗斯女士面帶微笑的將我們領進一間所有東西都是灰色的小房間，裡頭唯一不是灰色的是一張上面放著彩色筆、紙和樂高積木的小桌子。

「嗯，阿妮亞和諾亞，一般來說，我應該在好幾個星期之後才會見到你們，這樣就可以給你們夠長的時間在伊烏江瓦太太的家裡安頓下來。」特雷弗斯女士說著，點頭同意諾亞自己去玩，於是他跑向裝了樂高的箱子開始玩起來，「我知道你的家庭聯絡官[1]和格蘭傑女士應該也告訴過你們，我會很快和你們碰面……」她看著我和伊烏江瓦太太，我們坐在灰色長沙發上，她和那個一板一眼的女警探則坐在對面的兩張椅子上。我試圖回想她所說的人是誰，可是一點印象也沒有。

「不過，現在我和路易斯警探需要一點幫助，好了解在你們的媽媽……嗯，離開之前所發生的事情。我們需要問你一些問題，可以嗎，阿妮亞？」

1 Family Liaison Officer，英國擔任警方和受害家庭之間聯絡人的警察。

特雷弗斯女士、女警探機器人和伊烏江瓦太太全盯著我，等待我的回應。我的聲音又消失了，所以只能點點頭，同時將雙手移到大腿下壓著，因為突然間我的手感覺起來就像冰塊那麼冷。

「好孩子，」特雷弗斯女士接著說，「記著，你不必回答任何不想回答的問題，如果你覺得有什麼很難說出口，可以寫下來告訴我，或者用這些筆畫給我看也行，明白嗎？」

我再次點點頭。特雷弗斯女士在我身邊放了幾張白紙和彩色筆，然後抬頭看向牆上的塑膠大鐘。根據特拉維斯給我的紙條，我們只剩四十個小時可以找到方法，阻止皇家天文臺的星星獵人給媽媽的星星取錯誤的名字，但吃完早餐之後又過了一個多小時，所以我們現在只剩三十九個小時……

特雷弗斯女士看著寫字板夾，開始問我很多問題。之前媽媽在那間不是真正旅館的旅館裡認識的新朋友凱蒂，也問過我其中幾個問題。所有的問題都是關於爸爸、媽媽，以及爸爸喜歡跟我們一起玩什麼樣的遊戲，比如「家庭時間遊戲」——就是我、媽媽和諾亞每天放學後必須趕快回家，而且一定要在四點整之前到家，這樣我們才能在爸爸打電話回來時響一聲後馬上接聽。不管爸爸身在何處，就算是去其他國家出差，他總會在四點整打電話回家，確保我們都在，並且安全無虞。

另外還有「消失後道歉遊戲」——就是爸爸在摔破盤子或椅子後，或者媽媽因為他搬動家具摔倒後，爸爸會玩的遊戲。他會消失幾個小時，然後帶著鮮花、玩具、巧克力和禮物回來，在一小時內至少說了五十次對不起，所以我們一看就知道他又在玩那個遊戲了。其實還有很多其他的遊戲，但我不想大聲講出來，於是我將其中幾個寫下來。一遍又一遍回答同樣的問題很累人，所以我給的答案都很簡短，沒有太長的描述。

然而，那位女警探機器人接著開始問我以前從未被問過的新問題，全是關於媽媽離開那一天的事。我可以感覺自己的手停了下來，眼睛也開始刺痛。因為事實是，我不記得那天發生的每一件事——至少沒辦法好好的、有條有理的記得，而這讓我感到害怕。我不想忘記見到媽媽的最後一天，但每當我試圖回憶她的樣子、穿著或她對我說過的話時，大腦裡的畫面就會變得模糊，我開始擔心會忘記關於她的一切。這讓我想起媽媽曾經說過的一個關於「時間老人」，以及他如何捉弄自己不喜歡的人的故事。

在故事中，時間老人因為人類浪費他給予的禮物，總是想將時間花在金錢和發動戰爭上，對人類世界感到憤怒。為了懲罰人類，他讓世界上所有的時鐘越走越快、越走越快，直到沒人記得他們心愛的人、他們最幸福的回憶，也無法理解為什麼他們突然間就老了。只有知道該怎麼開心度過時光的孩子才能得救。能夠阻止時間老人如此殘酷的唯一方法，就是必須盡可能的快樂，將開心的時間拉得越長越好，並對他給予的每分每秒都心存感激。因為只要你一不這麼做，時間老人就會加快時鐘的轉速，讓你一下子變得又老又健忘，而且滿懷悲傷。

我猜我一定是在媽媽不見的那天做錯了什麼事，因為時間不斷拉長、消失，讓我腦海裡的所有畫面都變得好模糊——就像一幅被人不小心潑了水的新畫作。

媽媽消失的那天，我能記住的事情有：

我記得醒來時，看到媽媽在我們睡覺的那個房間角落的小水槽旁刷牙，把她的頭髮紮成馬尾。她不用再為了爸爸而將頭髮弄直、梳得完美，所以恢復成一頭捲髮，就跟我還有諾亞的一樣。她也不再化妝，因為她說她不需要再維持漂亮的外表，但我認為她不化妝看起來反而更漂亮。

然後我記得自己拿出那天的「臥底服」——這是我們對在那間不是真正旅館的旅館裡所穿的衣服的總稱，因為那些並不是我們自己的衣服，而是從一個大垃圾袋裡拿出來的，是別人送給我們穿的衣服，如此一來就沒有人會認出我們，我們才能在捉迷藏遊戲裡贏過爸爸。

我記得我穿好衣服後，問媽媽我看起來還可以嗎？然後看到她放下手裡拿著的一大疊文件。那些文件是用來幫助我們藏得更好，但不知為什麼卻讓媽媽看起來很傷心，也很擔心。

我記得我問媽媽是否可以幫她處理文件，媽媽對我微笑。媽媽的笑容是全世界最美的，因為每當她微笑時，她身邊的人總會跟著微笑。我記得我當時很開心，心裡想著希望有一天我的牙齒也能像她的一樣潔白閃亮。我想媽媽那時應該對我說了些什麼，但是在我試圖回想她說的話時，腦海裡的畫面突然變得好模糊，然後「咻——」記憶跳過早餐時發生的一切，以及媽媽為我和諾亞最後一次做鬆餅時的樣子，時間快轉到媽媽帶著我們進入遊戲室。

我記得負責照顧我們的費莉西蒂打開門，和我們打招呼，然後媽媽叮囑諾亞不要頑皮。我記得媽媽彎腰親吻我時頭髮拂過我的臉，弄得我好癢，還有她的聲音說著：「待會兒見，你們兩個要乖一點，午餐別忘了吃蔬菜。」如果我非常努力的回想，並且閉上眼睛，關上耳朵，甚至可以看到媽媽向我揮揮手，以及她閃閃發光的眼睛，還有和我們道別時皺起來的鼻子。但接下來我腦海中的影像又是一片模糊，伴隨著另一個「咻——」時間再度跳過那天裡大部分的時間，只留下如鏡子碎片般的幾個畫面，像是：

1. 遊戲室突然變得空曠，因為其他的孩子都離開了。
2. 凱蒂看著手錶，一邊打電話，一邊搖頭說：「沒有接聽。」
3. 外面小花園的天色越來越黑，越來越黑……

然後「咻——」時間再次快轉，並在八點整停了下來。我記得那個時間，因為在凱蒂打開視聽室的門時，我抬頭看了一眼時鐘。我以為媽媽會和她一起出現，但站在她身旁的根本不是媽媽，而是兩名女警。她們兩個都有一雙水汪汪的大眼睛，而且都直直的盯著我。

我記得的最後一個畫面是牆上時鐘的指針，時針仍堅定的停在數字八的位置，彷彿不願意移動。在我的腦海裡，這部分的記憶比其他的都要混亂，因為不只聲音聽不清楚，所有字句也讓我無法理解——彷彿一切都被壓扁，被一個巨大而沉默的吸塵器給吸走。我只記得耳朵裡唯一聽到的是：「家庭……警官……你們的媽媽想要……走了……你們……很抱歉……明白……必須離開……」

我不記得誰說了這些話，也不記得漏掉了哪些字句，或者是誰把手放在我的肩膀上，讓我渾身發冷。我只知道就在那時，我聽到自己的胸口深處傳來一聲巨響，天空發生了巨大的爆炸，接著是一陣嘎吱聲，就好像世界停止轉動，不知道該如何再度啟動而發出的刺耳聲響。

我左右張望，想看看費莉西蒂、凱蒂和警察是否也聽到這些聲音，但她們的嘴還在不停的張開、閉合，所以我知道她們沒有聽見，因為聽到這些聲音的人是不可能繼續說話的。然後我低頭看向仰望著我的諾亞，他的臉紅通通的，還布滿淚水，嘴巴微張，我立刻知道他也聽見了同樣的聲音。那些聲音是媽媽的心離開身體，變成星星所發出來的。

但我不能把這些寫下來，我不想告訴特雷弗斯女士和女警探機器人，我其實記不清楚了。我讓她們一直問，問到不想再問時，終於聽到我一直在等的問題。

「那麼阿妮亞……你有什麼想問我或路易斯警探的嗎？」

我抬頭看著特雷弗斯女士，張開嘴巴。我可以感覺到喉嚨試圖再次解鎖，便耐心的等著聲音出來。幾秒鐘後，我聽到自己問：「我們離倫敦有多遠？」

特雷弗斯女士對著我皺眉，再轉向女警探，最後則是伊烏江瓦太太。「嗯，我知道你們以前住在倫敦，所以你會想知道是很正常的。」她在板夾上飛快的寫字，「坐火車只要一個小時，如果是搭巴士或開車的話，要稍微久一點——並不算太遠，阿妮亞。等情況穩定些，也許伊烏江瓦太太願意帶你們去一趟？」

伊烏江瓦太太點點頭。

「還有別的問題嗎？」

我心裡至少還有五十個問題想問，像是：爸爸在哪兒？他知道我們現在在哪裡嗎？他已經放棄尋找我們了嗎？住在寄養家庭是不是代表我從此再也不能回家？如果我們再也回不去，我的星球儀、所有的書、最喜歡的萬聖節服裝，還有諾亞最愛的發光運動鞋，以及幫助他入睡的胡迪警長又會有什麼下場？

然而，我只是搖了搖頭，抬頭看了看牆上的時鐘。又一個小時過去了，換句話說，我現在只剩下三十八個小時。想到這兒，我不禁想站起來跑出去，可是我不會這麼做，因為從現在開始，不管時間耍什麼花招，我都不會再讓它從我身上奪走任何東西。

第七章★祕密偵探

我們從兒童服務中心回家後，伊烏江瓦太太去準備午餐要吃的披薩，留我和諾亞在客廳裡玩。因為是星期五，所以她把收音機調得特別大聲，還唱了一首很奇怪的歌，聽起來簡直像有人勒著她的脖子似的。收音機說正在播放的節目叫《歌劇時間》，我猜這應該是專門開放給不會唱歌的人大聲練唱的特殊時段。

諾亞忙著玩伊烏江瓦太太給他的一大盒玩具車，假裝正在賽車，我則開始思考特雷弗斯女士剛才說的話——只要搭火車或巴士就可以到達倫敦。但

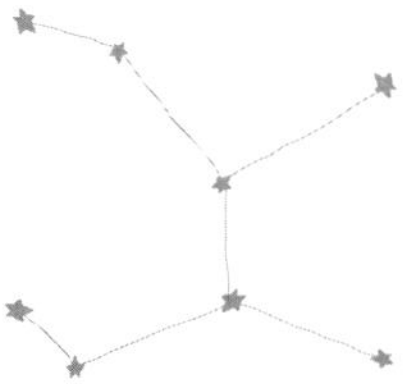

是在我們回來的路上，車子再次穿過小鎮和那些古老的教堂建築，我努力睜大眼睛尋找火車站和長途巴士站，卻只看到一個上面寫著「感謝參觀歷史古城牛津」的告示牌，還有許多汽車和穿著奇怪黑色斗篷的自行車騎士。

突然間，我靈光一閃。

其實只要有自行車就行了！如果特拉維斯或班有一輛自行車可以借給我，我就可以騎去找為媽媽的星星命名的星星獵人，或許會比搭火車或巴士久一點，但我反正也沒有錢可以買車票，而且我很會騎自行車。以前爸爸教我時，還稱讚過我是「天生好手」呢！

打定主意之後，我決定在不讓伊烏江瓦太太看出我是在蒐集重要資訊的情況下，盡可能的問她許多問題。以前每當爸爸為了銀行的工作去其他國家出差，這段期間媽媽想做什麼都可以，她會把自己裹在毯子裡看一部偵探影集，裡面的男主角口音很好笑，小鬍子更是滑稽。他總會問一些很聰明的問題，那些問題表面上看起來很簡單，實際上並非如此，而等他問完時，他會點點頭，撫摸小鬍子。這是他總能找到答案，並完成委託案件的一貫作法。所以這也是我要做的——我要像個偵探一樣找到需要的所有答案，卻又不讓人猜到我在做什麼。不過，因為我沒有小鬍子，所以決定撫摸我的眉毛來代替。

我留下諾亞在客廳裡玩，走進廚房。伊烏江瓦太太正在水槽旁切番茄，一身亮綠色的洋裝隨著收音機的音樂晃動著，從背後看很像被風吹動的樹梢。幾秒鐘後，她轉過身來，猛的往後一跳，把手放在胸口，「喔，阿妮亞，我沒看到你站在那裡，你差點害我心臟病發作！」在媽媽看的影集裡，人們見到偵探時的反應就是這樣，這讓我知道自己正以正確的方式進行偵查。

「伊烏、伊烏江瓦太太，有自行車可以讓我騎一下嗎？」

「你想騎車？現在？」伊烏江瓦太太皺眉，轉頭看向窗外。烏雲正緩緩飄過來，已經開始有雨滴打在玻璃窗上。

「呃，今天有點冷，阿妮亞，外面看起來要下雨了，所以也許明天再騎，好嗎？」

「但是……但是有我可以騎的自行車嗎？」我問，試圖讓表情保持不變，不要看起來太過興奮。

「嗯，沒什麼理由不能讓你借用特拉維斯或班的自行車，甚至是蘇菲的也可以。」她笑著說，「自行車就放在棚子裡，我們可以等太陽出來，暖和一點時再把它們牽出來。不過，我得看看能不能幫你找到一頂安全帽。」

我點了點頭，突然想起影集裡偵探的習慣，便伸手撫摸眉毛。我的外在文風不動，臉上沒有一絲變化，但我的內在卻興奮不已，大腦彷彿在彈跳床上跳來跳去，對著空氣揮拳大喊「太棒了」！

我不想讓伊烏江瓦太太猜到我的意圖，所以決定等上半小時再問她另一個我真心想知道的問題。影集裡的偵探為了不引起嫌犯懷疑，從來不會一次問完所有的問題，因此我打算在她沒有任何防備時再問其他問題。如果我耐心等待，每半小時才發問一次，那麼在班和特拉維斯放學回家前，我至少可以得到三個答案。

一旦我下了等半個小時的決定後，時間變得如此漫長，我幾乎要相信時鐘壞了。但我不打算放棄，所以我去陪諾亞畫畫，然後幫伊烏江瓦太太布置餐桌，再以特別慢的速度吃披薩，最後以更慢的速度喝柳橙汁，終於，半小時過去了。

我放下玻璃杯，用手背抹了抹嘴。諾亞正在玩模仿我的遊戲，咯咯笑著跟我做了同樣的動作，等著看我接下來會做什麼。

「伊烏江瓦太太？」

伊烏江瓦太太咬了一口披薩，「怎麼了？」

「你喜歡路線圖嗎？」

伊烏江瓦太太又一次像偵探影集裡的人一樣露出驚訝的表情，所以我知道我問對了。

「呃，不……不能說喜歡……我通常都是用衛星導航機。你想看看嗎？」

我點點頭，看著伊烏江瓦太太走到放置紅色收音機的廚房窗臺旁，從充電器上拔下一個東西。

「這個已經很舊了，以前伊烏江瓦先生很喜歡用。來！」她打開電源，把那個東西遞給我。

在這之前，我從未拿過真正的衛星導航機，因為爸爸和媽媽的都是固定在車上，並不需要插在牆上充電。它看起來像是黑色小電視和遊戲主機的綜合體。諾亞靠著我的肩膀，只見螢幕閃爍了一下，很快又恢復成全黑的畫面。

「喔，糟糕，我忘記打開充電器的開關了。」伊烏江瓦太太說著，拿走衛星導航機，重新插上充電器，「每次給這些東西充電時，我老是忘記要打開。」

「喔。」我應了一聲，心想不知道特拉維斯能不能在網路上找到地圖，幫我印出來。

「不過我也有一本《倫敦A到Z》……」她坐回餐桌旁，拿餐巾紙擦了擦嘴。

諾亞不再模仿我，轉而學起伊烏江瓦太太，所以他也拿起餐巾紙。只不過他不是拿來擦嘴，而是開始擦他的整張臉。

我不知道伊烏江瓦太太說的《倫敦A到Z》是什麼東西，不禁懷疑她該不會以為我說的不是地圖，而是字典吧？不過她接著說：「如果我要開車去倫敦沒去過的地方，我還是會帶著它。有時衛星導航也會出錯，所以最好要有備用計畫。對了，你喜歡路線圖嗎，阿妮亞？」

伊烏江瓦太太歪著頭看我，看起來有一點像班。

我點了點頭。

「嗯，很有趣，我不記得自己認識哪個喜歡路線圖的人呢！」

「那麼我也可以……我可以看一下《倫敦A到Z》嗎？」我問，感覺自己在桌子底下的腳興奮得想跳起來。

「當然，」伊烏江瓦太太笑著說，「就放在客廳的某個書架上，只要你想看，隨時可以去拿。」

我的大腦再次在彈跳床上跳起來，我點點頭，撫摸眉毛，強迫自己不要再問任何問題。

午飯之後，伊烏江瓦太太幫我找到《倫敦A到Z》地圖書。這是一本奇怪的書，幾百頁的內容全印著黃色的路、綠色的點，以及各種數字、線條和正方形，再加上每頁上方的字母。我在以前學校的教科書裡看過類似的地圖，但我不知道該如何使用它來找到星星獵人，好阻止他們給媽媽的星星取錯誤的名字。我在心裡打定主意，一定要讓特拉維斯在電腦上為我找一張更簡單的地圖，之後再把這本令人困惑的《倫敦A到Z》還給伊烏江瓦太太。

我假裝仔細的翻閱，好讓伊烏江瓦太太以為我真的很喜歡這本書，同時在腦子裡認真思考要如何提出最後一個問題。我得想出「手電筒」的另一種表達方式，但無論我怎麼絞盡腦汁，似乎都沒有適合的詞來替代。我不能向伊烏江瓦太太要亮光棒或照明機，畢竟完全詞不達意，這讓我突然意識到有些詞永遠無法被取代，因為其他詞不能表達同樣的意思。

最後在伊烏江瓦太太教諾亞如何將手指彈得像電視上那麼響亮時，我還是開口問她，「伊烏江瓦太太……我可不可以有一支手電筒……拜託？」

「手電筒？」伊烏江瓦太太看著我，揚起眉毛問。

我點點頭。我看得出來她正在認真的思考，突然間，我的嘴巴冒出一句謊話，而我甚至不知道自己在說什麼，直到聽見自己的聲音：「我怕黑，睡覺時喜歡拿著手電筒。」

我可以感覺到自己的臉因為說謊而開始變紅。我睡覺時從沒拿過手電筒，所以我的臉無法假裝那是事實，但為了找到媽媽的星星，我需要一支手電筒，我知道媽媽會同意我說這個謊，因為這樣不但有助於保護我的安全，同時也會讓伊烏江瓦太太不再那麼擔心我。為了不讓其他人擔心我們，媽媽對很多人說過謊，而她也總在說謊時不由得臉紅。

伊烏江瓦太太用手指輕敲下巴，過了幾秒鐘後才開口，「好吧！我記得我有一支旅行用的手電筒，只是不曉得放在哪裡。如果我找到了就給你，好嗎？」

我點點頭，再度低頭假裝全神貫注的看著《倫敦A到Z》。我已經問完所有問題，現在起暫時不用再充當偵探。等班和特拉維斯一回家，我就會告訴他們我的計畫，然後問能不能借用他們的自行車，喔，還有安全帽。我需要他們幫助我離開這裡，也許還需要他們教我如何使用地圖，只要能夠在明晚之前出發，我就可以在命名徵選比賽截止之前趕到倫敦。

然而，班和特拉維斯沒有像平常那樣在三點四十分到家，四點時沒有，甚至五點時也沒有！我想問伊烏江瓦太太他們去哪兒了？為什麼他們會晚回來？因為我不喜歡有人在該回家的時候不見人影，那會讓我心煩意亂。

終於，在五點四十一分時，大門被打開了，我聽到班和特拉維斯的腳步聲沿著走廊跑進來。

「男孩們！先吃晚飯。」伊烏江瓦太太大喊，只見兩個穿著髒兮兮的T恤和短褲的身影衝進廚房。

「太棒了，漢堡和薯條！」班跳上椅子，從餐桌中間的大盤子抓起一個漢堡，「阿囉哈！阿妮亞。阿囉哈！諾亞。」他一邊和我們打招呼，一邊大口大口的吃，把臉頰塞得看起來都快爆裂了。

諾亞戳戳我的手臂，要我幫他拿一個漢堡，我點了點頭。

「記得給蘇菲留些薯條。」伊烏江瓦太太將裝滿一整個烤盤的薯條放在我們面前，「她上完游泳課一定會很餓。」

班和特拉維斯點點頭，各自再抓起一個漢堡，大口吞下，不到三十秒就吃光了。

班用力咀嚼、用力吞嚥，看起來簡直像隻駱駝，他將一把薯條塞進嘴裡，毫無預警的跳了起來，喊著：「伊太太，我去洗澡了。」

「好。」伊烏江瓦太太的聲音從廚房傳來，伴隨著油炸的嘶嘶聲響。

「我、我也是。」特拉維斯站起來，將椅子往後推，發出極為刺耳的噪音。

「嘿，阿妮亞，吃完後來特拉維斯的房間，聽到了嗎？」班靠在餐桌上，隔著桌子對我耳語。

「好。」我低聲回答。

「我們有東、東西要給你看。」特拉維斯看起來十分興奮。他舔了舔黏在牙套前的薯條，對我豎起大拇指，和班一起飛快的跑出廚房。

第八章 ★ 星星獵人的絕密午夜任務

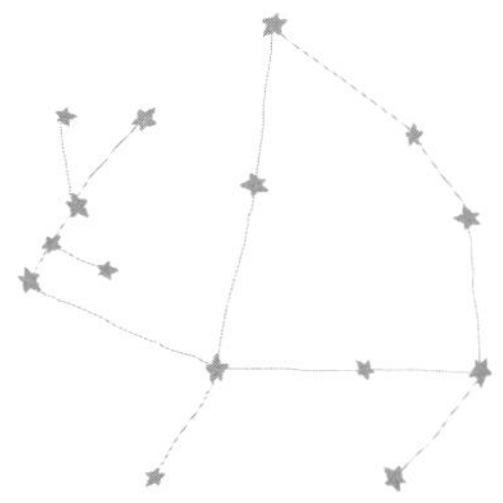

「你吃完了嗎，阿妮亞？」伊烏江瓦太太問我，她看見我很快的從椅子上滑下來，站在餐桌旁。

我點點頭，希望「只要你想，隨時可以離開餐桌」的守則不僅適用在班、特拉維斯和蘇菲身上，也同樣適用在我身上。

伊烏江瓦太太低頭看著我的盤子，還有躺在正中央只吃了一半的漢堡。

我努力想把它吃完，可是喉嚨再度緊閉。因為我實在很想知道特拉維斯和班要給我看的東西是什麼，過度興奮導致我的喉嚨不願意再放行更多食物。

「嗯……」伊烏江瓦太太皺起眉頭，「我想你待會兒得喝點牛奶，好嗎？」

我又點了點頭，張開嘴告訴伊烏江瓦太太，如果她允許我馬上離開餐桌，我一定把冰箱裡所有的牛奶都喝完。我聽到樓上的地板嘎吱作響，表示特拉維斯和班一定已經洗完澡，我真的等不及了。

「那好，你去吧。」伊烏江瓦太太挪動她的椅子，好讓我可以從她和廚房的流理臺之間穿過。

「我也吃完了。」諾亞舔掉手指上最後一坨番茄醬，跳下椅子，跟在我身後。

這時前門被用力推開，傳來巨響，蘇菲跑過走廊，腳步聲猶如打雷。她跑進廚房，將書包隨手扔在地上，嘴裡喃喃唸著：「餓死了！」然後看我一眼，彷彿她餓了都是我的錯。

我警告自己絕對不能臉紅，急忙走出廚房，跑上樓梯，諾亞跟在我身後飛奔。我在特拉維斯的門前停下，還沒來得及敲門，門就開了。

「進、進來吧！」特拉維斯閃亮的長棕髮宛如瀑布般披覆在臉上，他的聲音從後面傳來，聽起來很奇怪。他整個頭都溼答答的，細小的水珠灑得到處都是。

諾亞擠過我身邊，跑進房間後，立刻往特拉維斯書架上的超級英雄模型衝過去。

「小、小心點。」特拉維斯飛快的把幾個大一點的模型移到諾亞拿不到的地方，「你可以玩這、這個，」他遞給諾亞一個蝙蝠俠的模型，「還有這個。」他又加上一句，把一個無敵浩克遞給他。

諾亞認真的點點頭，將它們像棒棒糖一樣抓在手裡，彷彿迫不及待開始舔舐。

「班在哪兒？」特拉維斯關上門時，我問。

「還、還、還在穿衣服。」特拉維斯聳聳肩，眼睛眨都不眨的盯著我看了整整七秒鐘。

「看，」他轉過身，拿起背包，從裡面掏出一份報紙，「這是你的，呃，星星。」

我低下頭，感覺諾亞跑到我身邊。占據了整個報紙頭版的照片和我們昨晚看到的是同一張，媽媽的星星燃燒著穿過黑色的天空，不斷的上升、上升，再上升。版面上方以巨大的字體寫著：

我們的搖滾新星！

我將報紙拉平，這樣我和諾亞才能仔細端詳。我感覺彷彿有枚火箭在我體內升空。媽媽不只是一顆星星，還是一顆搖滾新星！真正的、活生生的搖滾新星！我想緊緊擁抱那張報紙，至少抱上千萬年。如果特拉維斯不在這兒，也許我真的會，但是他就在那兒，所以我只是對他微笑著說：「謝謝。」

「妮亞，那真的是媽媽嗎？」諾亞把臉湊到報紙上，鼻尖都碰到了紙頁。

我點點頭。他突然猛力低頭，對著媽媽的星星照片發出一個響亮的「嗯啊」。好久沒聽到了，我幾乎忘了這個聲音。以前媽媽送我們上學，在她要離開時，諾亞總會一邊發出這個誇張的聲音，一邊在媽媽的臉頰上親一下。

「你可以留著報紙。」特拉維斯說，看起來很自豪的樣子。

我低頭盯著報紙，很想立刻閱讀上面寫的關於媽媽的每一個字，不過我想私下獨自閱讀，這樣就能更仔細的看那張照片，一字不漏的吸收報導上所有的訊息，就像喝美味的花生奶昔時一樣，一滴不漏。我強迫自己將目光從報紙上移開，向特拉維斯點頭致謝。

「我從、從學校老、老師那兒拿來的。」特拉維斯笑著說，「還、還有，我和班為你準備了這個……」

特拉維斯轉身，在背包裡翻找，拿出一本小冊子。

「我們在、在學校圖書館的旅遊類書架上找到這個，」特拉維斯解釋，

「我們班去年戶外教學時去過這裡，不過我們兩個太、太晚才轉來，沒有趕上。」

我把報紙遞給諾亞，叮嚀他一定要小心，然後接過特拉維斯拿給我的亮面小冊子。封面一角以胖胖的白色字體寫著「導覽紀念手冊」，中間則是一棟高聳的紅磚建築照片，建築物四周鑲著類似輪船上的小圓燈，最特別的是屋頂並非普通尖頂，而是一個巨大的灰色圓頂，看起來就像一顆超大的洋蔥被一分為二，再取走其中一部分，而一個白色的大型望遠鏡從中間缺失的那個部分伸了出來。

我很快的翻了幾頁，裡頭有很多奇怪的機器和巨型望遠鏡的舊照片，還有金色時鐘的彩色照片，以及看起來像地球儀的地圖，跟許多指著窗外的歷史人物的畫像。這真是我見過最棒、最令人興奮的書了。

「看、看這裡！」特拉維斯開口說。

他從我手裡接過小冊子，翻到最後面，拉出一張橫跨兩頁的地圖，上頭標示著「倫敦格林威治地圖」。一條寫著「泰晤士河」的亮藍色河流彎彎曲曲的穿過整張地圖，周圍畫了不少建築圖像，包括我之前和媽媽一起去過的白金漢宮、大笨鐘和聖保羅大教堂，還有一棟我從未見過、外形像子彈的奇怪建築，名字也很特別，叫「小黃瓜」。這些建築全都擠在河的同一側，只有倫敦眼在另一側，雖然它看起來像是摩天輪，但我知道它並不只是如此。摩天輪旁邊畫了很多樹，再過去是一艘撐起許多帆、看起來像古老海盜船的帆船，叫「卡蒂薩克號」，接著一棟看似小城堡的平頂建築是「女王宅邸」，還有一棟大型建築叫「國家航海博物館」。在這些建築後面有一大片綠地，中間畫了一棟有望遠鏡伸出來的圓頂建築，旁邊標示著「格林威治皇家天文臺」。

「那就是我們要、要去的地方。」特拉維斯指著望遠鏡說。

「沒錯！」班的聲音突然響起，嚇得我和特拉維斯跳了起來。

「你們怎麼了？」他拿著毛巾擦頭髮，看著我們問，一副好像他一直都在那兒的樣子。他的頭髮也是溼的，但是因為太過蓬鬆，所以小水珠全掛在上頭沒有滴落，像是等著被戳破的閃亮泡泡。他又把紐卡索聯足球俱樂部的連帽棉衫反著穿，不過這次他的帽子裡放的不是餅乾，而是一大袋洋芋片。

我再次低頭看地圖，想在上面找到韋弗利村，但我看不到任何相關的標示。

「我們在哪兒？」我把地圖遞給特拉維斯，讓他指給我看。

然而特拉維斯搖了搖頭，「我們不在這張地、地圖上，它只涵蓋了倫、倫敦的範圍。」

「我們可以在你的電腦上找到更容易使用的地圖嗎？」我問特拉維斯，「能夠告訴我們如何從這裡到星星獵人那裡的地圖。」

「來！」特拉維斯走向他的電腦，打開電源。

我和班站在他的椅子旁等著，因為我們知道電腦一定會有我們要的答案。電腦對任何事都有答案，而且幾乎總是對的。這就是為什麼我必須在星星獵人用電腦為媽媽的星星選擇新名字之前找到他們的原因，如果我沒有及時找到他們，到時每個人都會相信電腦，而不相信我。

「你們在幹什麼？」諾亞問。他放下報紙，但仍緊抓著特拉維斯的模型，走過來加入我們。

諾亞喜歡電腦。以前在家時，絕對不准觸碰電腦是黃金鐵則，但他總是因為想玩爸爸的電腦而惹上麻煩。一旦我們碰了，就會立刻觸動爸爸的開關，讓他大發雷霆，但諾亞有時候就是會忘記。

班打開地圖網頁，先輸入我們所在地的名稱，然後在一個寫著「你的目的地」的框框中輸入「格林威治皇家天文臺」，地圖上瞬間出現好幾條不同顏色的路線。第一條上面有一個汽車圖示，旁邊寫著「2小時34分鐘」；第二條旁邊有一個火車圖示，上面寫著「1小時54分鐘」；第三條旁邊則是一個在走路的火柴人，寫著「1天」。而最重要的那條，也就是上面有著小小自行車標示的那條路線，寫著「6小時30分鐘」。我可以感覺自己的嘴巴張得大大的。我從未騎過六個小時的自行車。

「哇，用走的要走一整天呢，」班說，「也太遠了吧！」

「我們要去哪裡啊？」諾亞問，他先看了看地圖，再看看我。

我對他搖頭，表示不會帶他一起去，然後才轉向班和特拉維斯，準備告訴他們我的計畫。

「我、我不搭火車，也不搭巴士，當然也不走路，」我說，「我要騎自行車！」

「自行車？」特拉維斯抬起頭來看我。

我點點頭，「不過前提是，如果……你們願意把自行車借給我的話？」

班和特拉維斯對視了一會兒才轉過頭來看我，然後就在同一時間，他們咧嘴笑了起來。

「我們也是這麼想，」班開口，「騎自行車是最容易的，你可以騎蘇菲的車。而且在萬聖節時，伊太太會允許我們在外頭待到很晚。」

「沒錯，」特拉維斯跟著說，「如果我們早點離開，假裝去鄰居家要、要糖果，等伊太太發、發現我們不見時，我們已經出發很久了。」

「沒錯！她知道我們去了倫敦後，很可能會殺了我們，不過等我們告訴她這是為了你媽媽時，相信她會諒解的。」班一邊說，一邊鼓勵似的往我肩上輕輕打了一拳。

我驚訝的抬頭看著班和特拉維斯。因為找到媽媽的星星實在太讓人興奮，我根本不記得明天是萬聖節。

「等等，不如我們告訴伊太太，在要完糖果後，我們還想去丹恩家玩？」班說，「這樣她就會認為我們應該更晚才會回家。」

「而且因為要去丹恩家，我們就有理由可、可以騎自行車。」特拉維斯補上一句。

「沒錯，」班微笑，「他可以幫我們掩護。所以我們只需要一張清楚的地圖，再加上幾支手電筒就行了。」

「我、我們？」我困惑的看著他們。

「對，」特拉維斯回答，「你不能一、一個人去，會迷路的。」

「也有可能會被綁架。」班說著，將一大把洋芋片塞進嘴裡，「有很多壞人會利用晚上找騎自行車的孩子下手，電視新聞不是一直都有報導嗎？」

「才沒有呢！」我皺著眉頭說。爸爸時常看新聞，以確定他們銀行的對沖基金沒有出問題，我可從來沒聽說過有人在半夜騎自行車被綁架的。

「妮亞，我們要去哪裡？」諾亞拉著我的手臂用更大的音量問。

班和特拉維斯說的話實在讓我太驚訝，根本沒辦法回答諾亞的問題。他們也已經做好計畫……即使它是媽媽的星星，而確保它以她的名字命名是我的責任，並非他們的。我的計畫並不包括班和特拉維斯，事實上根本不包括其他任何人，甚至連諾亞也被我排除在外——再怎麼說他都太小了。

「你們不必去，」我說，「那是我媽媽的星星。」

「也是我的！」諾亞說，一臉很生氣的樣子。

「可是我們幫得上忙。」班說。

「沒錯，」特拉維斯說，將手指放在電腦螢幕上，沿著地圖上的自行車路線一路滑過，直到皇家天文臺才停了下來，「六、六個半小時呢！你不會想要一個人在黑暗裡待那麼久的。」

「你去哪裡要六個半小時，妮亞？」諾亞問，更用力的拉著我的手臂。

「是啊，那將會是一個非常非常漫長的夜晚。」班說，神經質的又往嘴裡塞了一把洋芋片。

「命名徵選比、比賽將在星期天凌晨結束，」特拉維斯很快的把手指一根一根的伸出來，宛如一把突然被打開的折扇，「如果扣、扣掉我們騎到那裡需要的時間，只剩下不到二十二小時了。我預留了半、半小時，因為我們很可能騎累了，多少需要休、休息一下……」

「所以說剩不到一天了。」班更加大聲的吃著他的洋芋片，「我們什麼時候出發？」

「你們不需要出發！」我的聲音越來越大，「我可以自己完成這件事！」

班和特拉維斯都沒再出聲，只是睜大眼睛看著我。

「確保媽媽的星星得到正確的命名是我的責任，不是你們的！我從來沒有說過想要你們一起去。」

「喔，」特拉維斯突然臉紅起來，低頭看著地板，他的頭髮隨著動作落下，再度遮住他的臉，「對、對不起。」他咕噥著，立刻讓我的內心充滿罪惡感。

「我們只是……我們只是想幫忙，」班聳了聳肩，看起來很不自在，「但我們不會……如果、如果你不想要我們這樣做的話。」

「我想看媽媽的星星！」諾亞說，目光來回看著我們，彷彿終於明白我們在討論什麼，「妮亞，我可以去嗎？」他看著我，神色有些茫然。

我什麼都沒說，只是低頭看著自己的手。我的兩隻手緊握成拳，可以感覺到裡頭的血管在跳動。我想自己告訴星星獵人關於媽媽的一切——因為她是我的媽媽，在她離開我們時，我沒有和她在一起。如果當時我和她在一起，說不定她根本就不會消失。不過，如果我能讓她的星星得到正確的名字，確保世界上的每個人都知道她是誰，那麼我就能讓她以我為傲。就像我在報紙上看到她的照片時，我也同樣引以為傲……

我望向放在特拉維斯床上那本導覽紀念手冊旁的報紙，突然感到很羞愧。班和特拉維斯只是想幫忙，如果沒有他們，我連怎麼去找星星獵人都不知道，也不會曉得媽媽現在已經變得這麼出名。或許本來就注定我無法一個人幫助媽媽，畢竟星星獵人尋找新的星星時總是組成團隊互相幫忙，所以我和他們也許本來就是一個團隊……

「對不起，」我輕聲說，「你們可以一起去。你也是，諾亞。」

諾亞抓住我的手用力抱了一下，才從椅子上跳下去，繼續去玩特拉維斯的玩具。

「你確定嗎？」班問，他緊緊蹙眉，讓他的額頭看起來彷彿都黏在一起。

我點點頭，「只要不會給你們帶來太多麻煩，而且不會妨礙你們被收養。」

「別擔心，」班說，「伊太太會生氣，可一旦她知道我們這麼做都是為了你們的媽媽，而且我們並不是想逃家時，她會諒解的。」

「諾、諾亞也要去嗎？」特拉維斯微微皺著眉問，「他的體、體力可以負荷嗎？」

「絕對可以！」諾亞說完，伸手推了推特拉維斯。

我知道帶諾亞一起去會讓事情變得更困難，但我也知道媽媽不會喜歡將諾亞排除在外，尤其是這場冒險還與她有關。她曾說過我的任務是確保諾亞永遠不會害怕，而且我知道如果他半夜醒來發現我不在身邊，一定會害怕得不得了。

「別擔心，我會照顧好他的，」我保證，「他可以跟我一起騎一輛自行車。」

「好吧！」特拉維斯聳聳肩，「如果你累了，我們可以輪、輪流載他。」

他將椅子一轉，回去察看電腦螢幕，「我們必須在晚上十二點前抵達，換句話說，我們得在……」他停下來數手指頭，「明、明天下午五點三十分之前離開。在出發前，我們還有好、好多東西需要準、準備。」

「但是我們要怎麼在五點半之前離開？」我問，「伊烏江瓦太太會那麼早就讓我們出去要糖果嗎？」

班搖搖頭，「她說過我和特拉維斯可以在六點出門，不過那是上週說的，在你們來這裡之前。也許我們可以請她讓我們早點出門，但最重要的是，我們得確定她會讓你們兩個也跟著一起去。」

「為什麼？」我問，「她不會讓我們去嗎？」

班聳聳肩。

特拉維斯說：「你們才剛、剛來，她可能會認、認為你們不想去。」

「沒錯，所以你們得從今晚開始，努力表現出真的真的很想跟我們一起去要糖果的樣子。」班接著說。

我點了點頭。

「我們要先從棚、棚子裡牽、牽出我們的自行車，還有蘇菲的……」

「還要準備一些路上吃的零食。」班補充，「我上次逃跑時，就是因為太餓了，所以才回去的。」

「你以前逃跑過？」我盯著班問。

「對啊，跑過很多次。」班回答，「但不是在這裡，而是在上一個寄養家庭。他們對我不是很好，所以我才會逃跑。這就是我被送到這兒的原因。」

我不知道該說什麼，因為我無法想像會有人對班不好。我只能點點頭，彷彿也逃跑過很多次似的。

「還有手電筒，另外，地圖也得列、列印出來……等一下，」特拉維斯打開一個抽屜，拿出一本練習簿，從中撕下一頁，「我們寫、寫下來吧！」

在特拉維斯寫下我們的計畫時，諾亞抓起另一枝筆，開始就他剛剛聽到的內容在同一張紙的另一側畫畫。

等計畫都寫上去後，班自豪的低頭檢視，問：「我們要怎麼稱呼這個計畫？」

特拉維斯轉頭看我。諾亞正在畫角落的最後一個塗鴉，舌頭微吐，這代表他現在非常專注。當他終於完成時，我們可以看到他畫了一顆有點不成形的星星，不過似乎也有點像一棵耶誕樹。

「『星星獵人的絕密任務』。」我一邊說，一邊聽自己的用字，好確定聽起來正確無誤。

「或者是『星星獵人的午夜任務』，如何？」班建議，「因為我們必須在午夜前抵達天文臺。

「還是叫……」特拉維斯在計畫表的頂端寫了一行字，展示給我們看，我們全都點頭同意。

現在計畫已經很完善了，於是我們保持沉默，從頭再檢視一遍：

星星獵人的絕密午夜任務

1. 印出地圖——千萬不能讓伊太太看到！
（在伊太太做早餐時列印！）
（班打開伊太太辦公室印表機的開關，等我——特拉維斯——從我的電腦下達列印指令！）
（阿妮亞待在辦公室外面，如果有人靠近就發出鳥叫聲。）
（阿妮亞今晚要練習鳥叫聲！）
2. 讓伊太太答應阿妮亞和諾亞一起去要糖果。
3. 尋找手電筒！
（棚子裡可能會有，但要確定裝了電池。）
4. 將早餐、午餐和晚餐的部分食物藏起來，留著晚上帶在路上吃。
5. 在萬聖節服裝裡面穿上暖和的衣服（但不要過熱）。

6.我和班帶著零用錢，以備不時之需。
7.把三輛自行車都從棚子裡牽出來，告訴伊太太我們要去丹恩家玩。
8.假裝出門要糖果，但當然不是真的去。
9.根據地圖前往天文臺。
10.阻止星星獵人為阿妮亞媽媽的星星取錯名字！

「就這樣了……」班說，我們全都站了起來，對著計畫表點點頭，就連諾亞也表現得安靜而嚴肅。

我認為這是有史以來最完美的計畫，但有個問題一直在我腦海裡徘徊。

「為什麼……你們兩個為什麼要這樣幫我？」我皺著眉頭望向班和特拉維斯。按照常理，只有真正的超級好朋友才會陪你騎自行車到那麼遠的地方，更別說這麼做可能會惹上極大的麻煩，而我們不過才認識幾天而已。

班聳了聳肩，「因為我們都是寄養兒童，再怎麼說，寄養兒童都要團結在一起，這是永遠不變的法則。」

「沒錯，」特拉維斯輕聲說。他先看了看我，然後將目光轉到諾亞身上，補充道，「因為現在我們就像兄、兄弟姊妹一樣，不是嗎？」他盯著我看了三秒鐘，說完後不忘露齒微笑。

我迎視著他。我從沒想過，在沒有一起長大或彼此的父母不同的情況下，可以和另一個人變成兄弟姊妹，不過我喜歡擁有更多兄弟的這個主意。萬一我出了什麼事，不得不像媽媽一樣消失的時候，諾亞也可以有更多的哥哥照顧他。

「而且遇到有人在找他們的媽媽時，怎麼可以不幫忙？」班說，「即使他們的媽媽……你知道的，已經不在地球上了。」

「孩——子——們——」伊烏江瓦太太在樓下大喊，「下來拿你們的熱巧克力！」

「糟了！」班有點緊張。

特拉維斯立刻將計畫表放入書桌最上層的抽屜，然後「砰！」的關上。

我跑回我和諾亞的房間，把報紙和導覽紀念手冊藏在雙層床底下。我這輩子從沒像現在這麼興奮過，甚至比去年耶誕節爸媽帶我和諾亞去迪士尼樂園還要興奮。我很快的跟著班、特拉維斯和諾亞跑下樓，迫不及待的希望明天傍晚快點到來。

第九章 ★ 行動開始

隔天早上，我心情愉悅的握著盒墜項鍊醒來，一開始我想不起來自己身在何處，但幾秒過後，我的大腦恢復運作，於是我反射性的坐起來，結果腦袋便結結實實的撞上雙層床的上鋪底板。今天是星期六，而且是萬聖節，是執行「星星獵人的絕密午夜任務」的日子！到了明天這個時候，皇家星星獵人就會知道媽媽真正的名字，終止比賽，並向全世界宣布正確的命名。說不定爸爸也會聽說，在他知道我和諾亞做了什麼之後，可能會來找我們。

我跳下床，跑到窗邊。太陽已經出來了，但我知道時間還很早，因為草地上籠罩著一層白色霧氣，緩緩浮動的樣子彷彿鬼魂在散步似的。這是我們在伊烏江瓦太太家度過的第一個週六，我不知道還要等多久她才會來臥室叫我們起床。以前在家裡，媽媽在週末時總是比平時晚半小時才叫醒我們，或許這裡也一樣。但是我實在太興奮，根本沒辦法再回去睡覺，所以我從背包前面的口袋拿出我的星空圖，再從雙層床底下拿出報紙和導覽紀念手冊，走到窗戶旁坐下。

雖然昨晚在伊烏江瓦太太來關燈之前，我已經將媽媽成為搖滾新星的報導全都唸給了諾亞聽，但現在我還是想一個人再次細讀。於是我就這麼做了，而且一共讀了三遍。我想記住報導裡的每一句話，像是說媽媽「難倒了世界上最偉大的天文學家」和「打破了物理學定論」，還有說她「每一秒鐘都在創造歷史」的那句。

不過這篇報導最棒的不是文字，而是能夠觸摸印在上面的圖片，藉此證明這是真的。當媽媽帶著我們離開，躲藏在那間不是旅館的旅館時，忘了帶走家裡的任何一張照片，我們擁有的只剩一張放在她錢包裡的母子三人合照。可是我不知道現在照片在哪裡，也不曉得是否還能再看到，因此報紙上的照片就成為媽媽留給我的唯一一張了。

當我觸摸照片時，心裡的火箭不停的往上竄。我向自己保證一定會好好的保存這張照片，等到我長大成人時再幫它裱框。我不禁要想，不知道皇家星星獵人肯不肯讓我借用他們超厲害的天文望遠鏡，近距離的看看天空中媽媽的那顆星星。我告訴我的大腦，千萬不要忘了問，因為我相信他們會答應的。

我盡可能專注的看著媽媽的星星照片，以確保大腦永遠記得它的樣子，然後才把報紙折好放在身旁，打開導覽紀念手冊。我必須盡我所能的了解天文臺，這樣在見到皇家星星獵人時，他們就會知道讓我使用天文望遠鏡看媽媽是可行的，因為我不會損壞它。然而，閱讀這本指南卻比想像中要難得多，它不像我們之前在迪士尼樂園或動物園拿到的指南，反而更像學校的自然課本，裡頭有許多我從沒聽過的詞語，比如「八分儀」、「經緯儀」和「天頂」之類的。如果我是在別的地方看到，一定會以為是超級英雄用來擊敗敵人的武器。

我一頁一頁的翻閱，看到一張上面有很多女人在揮手的黑白照片，旁邊的文字寫著皇家星星獵人除了利用指南針之外，也會用人類計算員來測量星星。我從未聽說過人類計算員，不過這讓我想到特拉維斯絕對可以擔任我們團隊的計算員，因為他似乎很喜歡數字，而且常常扳著手指算數學。可是下一行文字卻說過去所有的皇家人類計算員都是女性，所以我想那麼就只能是我了——儘管我的九九乘法表到現在還沒辦法背得滾瓜爛熟。

看完指南，我攤開我的星空圖——我必須告訴媽媽找個離我和諾亞比較近的星座附近停下來。我交叉手指，緊緊閉上雙眼，在腦海裡扯開喉嚨大聲告訴媽媽，請她停在伊烏江瓦太太家二樓窗戶外面可以看到的地方，還特別提醒她是房子後面的窗戶，不是前面。然後又向其他的星星喊話，請它們幫助她找到該停下的地方。我在想，不知道星星是不是真的會說話，或者它們其實是利用長短閃光組成的特殊語言來溝通。不過我相信它們聽得懂英語，因為爸爸總是說銀河系裡每個人多少都懂一點英語。

「起床了，太陽晒屁股嘍！」伴隨著伊烏江瓦太太的喊聲，臥室的門被推開。我連忙跳起來，將所有的東西都藏在身後。我太專注於對腦海裡的星星喊話，連走廊傳來的聲響都沒聽到。

「啊，阿妮亞已經起來了，真是乖孩子。」伊烏江瓦太太微笑，作勢嗅聞著空氣。她今天塗了閃閃發光的銀色眼影，和身上的灰色洋裝很相配，顯眼的灰色羽毛大耳環在耳邊輕輕晃動。我覺得她看起來很像我在倫敦動物園見過的灰鸚鵡，只是更漂亮些。

「去刷牙洗臉吧，」她說，「我來看看諾亞今天有沒有留禮物給我，嗯？」

看到諾亞從床上坐起來揉眼睛，我點點頭。就是現在，是啟動絕密午夜任務的時候了！

我飛快的刷完牙，趕緊穿好衣服，等著伊烏江瓦太太一如既往的在收拾好床鋪後帶諾亞去洗澡。不過我沒有像平常一樣下樓等著吃早餐，而是躡手躡腳的走到特拉維斯的房門前，照他教我的絕密暗號，先慢敲兩下、再快敲三下的敲他的房門。

班打開門，把我拉了進去。

「準備好了嗎？」他看起來很興奮的問。

班穿著印有他名字的足球T恤、黑色短褲和亮紅色長襪，特拉維斯則穿著一套白到發亮的睡衣，仔細一看，原來根本不是睡衣，而是更酷炫的空手道服。

當特拉維斯打開電腦時，我對他們點點頭，「我沒辦法發出鳥叫聲，」我告訴他們，「我昨天試了一整晚，頂多只能發出咕咕鐘的聲音，或者模仿鴿子叫。」

「鴿子叫？」班皺著眉頭問。

我點點頭，發出「咕咕咕……咕咕咕……」的聲音給他聽。

「聽起來比較像杜鵑鳥，」班說，「只是速度慢一點。」

「才不是呢，根本不一樣好嗎？不過這就是為什麼我說改成貓叫會比較好的原因。」我解釋，發出「喵喵喵」的聲音，然後說：「懂了嗎？」

「好吧，」班聳聳肩，「那麼我們就用貓叫吧！」

「也太、太長了吧！」特拉維斯將電腦螢幕上的網頁向下拉，搖著頭說。他打開我們昨天看過的自行車地圖，正在閱讀路線說明，「一共有、有七頁！」他在網頁終於拉到底時說，最後一張圖上寫著「目的地——格林威治皇家天文臺」。

我們全都緊張的盯著螢幕。

突然間，我聽到門外傳來木地板輕微的嘎吱聲響，連忙轉過身去。班和特拉維斯也聽到了，但沒人打開房門，周圍恢復了安靜，所以我們又轉回去看電腦螢幕。

「所以阿妮亞……在班打開印、印表機後，你就發出貓叫聲給我當信號，對嗎？」特拉維斯指示著，「然後假、假裝你正在做其他的事，不過當然不是真的。」

「噓！」班突然說，伸出雙手靜止不動。

我們全安靜下來，聽得格外認真。樓梯傳來一連串沉重的腳步聲，幾秒鐘後，我們聽到有人打開收音機，以及伊烏江瓦太太從冰箱裡拿出東西，還有諾亞拿湯匙敲打餐桌的聲音。

「來、來吧，」特拉維斯抓著電腦滑鼠，將游標移到印表機的圖示上，「她已經進廚房了。」

「準備好了嗎？」班以一種我從未見過的嚴肅表情問我。

儘管我的五臟六腑緊張得像是青蛙在上下跳動，我還是點了點頭。

「那麼，走吧！」班摸了摸兩側的頭髮，彷彿他待會兒要做的是走上時裝秀的伸展臺，而不是下樓偷偷打開伊烏江瓦太太的印表機。

我跟著班走出特拉維斯的房間，並學他踮起腳尖，沿著走廊走下嘎吱作響的樓梯。他在廚房門邊稍微暫停，轉過頭來看著我，一根手指壓在嘴唇上，從拐角處探出頭窺視。我不禁擔心會不會在他還來不及看到任何東西前，伊烏江瓦太太就已經瞧見他蓬鬆的頭髮。但是接下來，他就像一個穿著足球短褲的芭蕾舞者，輕鬆的躍過廚房門口，無聲的落在另一邊的地板上。我聽到水龍頭打開的聲音，吞了吞口水，也跳了過去，卻不小心落在班的腳趾上。

「唉唷！」班低叫一聲，用手搓揉腳趾。

「對不起。」我輕聲道歉。

班翻了個白眼，對我招手，然後用襪子在走廊的木地板上滑行，停在伊烏江瓦太太的辦公室外。

班抓住門把用力一轉，「喀噠！」一聲，門打開了。

「感謝上帝，伊太太從來沒有把門上鎖。」他低聲說，「我進去了，等我的貓叫。」他說完，像影子一樣從門的縫隙中消失，隨手關上門。

「阿——妮——亞！」伊烏江瓦太太在廚房裡大喊，嚇得我跳了起來。「班！特——拉——維——斯！蘇——菲！請馬上下來吃早餐！」

我聽到了「喵！喵！喵！」的聲音從辦公室裡傳出來，立刻展開行動。我飛快的跑過廚房的門，非常有把握伊烏江瓦太太沒看到我。我滑行到樓梯底部，大聲的往上發出「喵——喵——」，內心祈禱特拉維斯在收音機播放的音樂干擾下能聽到我的聲音，而伊烏江瓦太太和蘇菲聽不到。接著我又躡手躡腳的走過廚房，幸運的是，伊烏江瓦太太正忙著敲打烤麵包機，完全沒注意到我。

我像公園裡的雕像一樣靜止不動，等待狀況發生。然而，收音機的音樂繼續播放，我可以聽到伊烏江瓦太太要諾亞坐好不要亂動。樓梯沒有發出任何聲響，換句話說，沒人下樓，蘇菲還待在二樓。

我把耳朵貼在辦公室的門上，屏住呼吸，在內心祈禱。拜託讓地圖順利列印出來！拜託讓地圖順利列印出來！拜託讓地圖順利列印出來！

幾秒鐘後，我聽到機器啟動的聲音，接著聽到班叫了一聲，「喵！」它動了！印表機正在列印！現在我只需要走進廚房，吸引伊烏江瓦太太的注意力，直到班和特拉維斯列印完畢，就像我們計劃的那樣。

我站直身子，準備跑進廚房，可是一轉身，卻發現我的臉撞上一堵銀色的亮片牆。我抬頭往上看，和蘇菲四目相對。她站在我面前，臉上帶著笑容，雙臂抱胸，一副已經看了我很久的樣子。我感覺一顆心不斷往下沉，彷彿瞬間便落到了腳邊。

「你在這裡做什麼？」她的視線越過我的肩膀上方，彷彿她的眼睛是X光機，可以穿透房門，「偷東西是吧？」

我搖了搖頭，張開嘴，希望發出貓叫聲警告一下班，但我的聲音已經嚇破了膽，躲在扁桃腺底下不敢出來，所以只能等著蘇菲採取下一步行動。也許她會推開我，逮到班，從印表機拿走我們的地圖，毀了所有的一切。也許她會叫伊烏江瓦太太過來，告訴她我是小偷，叫警察馬上來抓走我！

可是蘇菲並沒有這麼做，她反而笑著說：「別擔心，我不會說出去的。」還對我俏皮的眨了眨眼。

這是蘇菲第一次對我眨眼，我不由得對她報以微笑，但心裡還是感到擔憂。

「謝謝？」我說，發出的聲音和平常完全不一樣。

蘇菲點了點頭，但就在下一秒鐘，她的笑容消失，抿緊雙脣，瞇起眼睛，毫無預警的對我說：「傻瓜，我騙你的！」然後，她轉身跑進廚房大喊，「媽媽！阿妮亞想偷你辦公室裡的東西！我剛才看到的！」

我聽到辦公室的門後突然傳來一聲巨響，我聽到二樓的木地板響起急促的腳步聲，我聽到我的耳朵裡有人在打鼓。我立刻明白，這些全都是絕密任務出了可怕差錯所發出的聲音。

第十章★消逝的一天

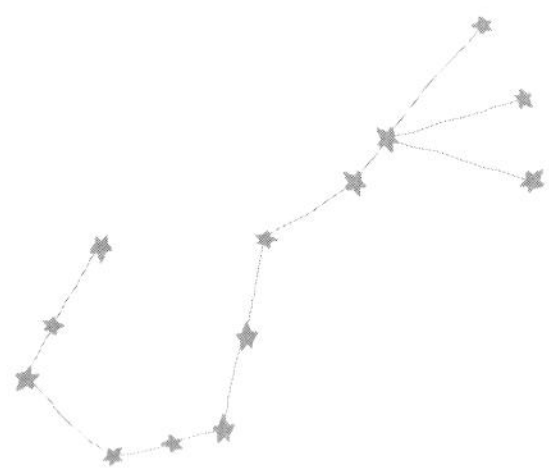

看到伊烏江瓦太太和蘇菲匆匆走出廚房時，我立刻知道自己必須做些什麼——我得分散她們的注意力！以前在家時，我想讓爸爸不去找媽媽和諾亞的麻煩時也常常這麼做。但是我不知道什麼樣的事會讓伊烏江瓦太太分心，只好用猜的了。我真希望自己有辦法假哭，但我沒有那種技能。我只能站直身體等待，聽著諾亞從廚房跳下餐桌跑過來，以及特拉維斯匆匆走下樓梯的聲音。

「阿妮亞，這是怎麼回事？」伊烏江瓦太太走過來，挑起眉頭站在我面前。她看起來不像義大利麵碗砸在地板時那麼生氣，只是一臉困惑。

我強迫自己張開嘴巴，開始我的分散注意力演出。

「對不起，伊烏江瓦太太，都是我的錯！」我盡可能的大聲說，希望班能聽到我的聲音，讓印表機更快印完。我還沒聽到他再次發出貓叫聲，所以地圖一定還在列印。

「這是我的主意！我在玩『真心話大冒險』時說我敢去看辦公室裡有什麼東西，班說我應該先問過你，我激他不敢先進去，結果他說好，然後就進去了。就是這樣而已，我保證我們真的沒有偷任何東西！」

伊烏江瓦太太眉頭間的皺紋從一條直線變成了彎彎的「川」字。

「不是的！媽媽，她在撒謊！」蘇菲搖著頭說。

我看著她再次張開嘴，決定搶在她說出任何事之前先開口，我必須盡可能的拖長分散注意力的時間，即使我不知道自己該說什麼。

「我說的都是真的！」我大喊，感覺臉頰和鼻尖開始變紅發熱，「我們沒有偷任何東西，我保證！是我要玩那個大冒險的，特拉維斯說我不該那麼做，但我還是做了，都是我的錯……如果你想要的話，可以懲罰我……」我的聲音越來越小，直到完全消失，只剩下一片寂靜。

「她、她說的都是、是真的！」特拉維斯說，眼睛瞪得超大，幾乎快從他臉上彈出來了。

伊烏江瓦太太點點頭，示意我站到旁邊，然後才伸手轉動門把。我的喉嚨後方彷彿出現了一隻快速攀升的魟魚，牢牢的堵在那裡。我知道伊烏江瓦太太將會看到印表機正在列印，聽到班在喵喵叫，發現我們的絕密任務……換句話說，我和諾亞會被警察帶走，而我肯定會忍不住吐得到處都是。

門被推開，伊烏江瓦太太走進去，我、蘇菲、諾亞和特拉維斯全擠在後頭跟了進去。辦公室比走廊暗了許多，我用力眨眼，感覺眼睛裡彷彿有脈搏在跳動。兩秒鐘後，我看到一扇被百葉窗遮住的大窗戶，以及坐在伊烏江瓦太太辦公椅上的班，椅子像陀螺似的轉個不停，令人懷疑他是不是想把自己給弄暈。他一看到我們，便一臉驚訝的跳了下來。

「對不起，伊太太。」他說，試圖站直身體。

「嗯。」伊烏江瓦太太應了一聲，繼續往前走，環顧周圍。

我看到特拉維斯瞥了一眼放在金屬抽屜櫃上方的大型黑色印表機，我也跟著看過去，不過印表機的電源已經關掉，托架上沒有任何印出的文件。

「沒關係。」伊烏江瓦太太一邊說，一邊走向金屬抽屜櫃，伸手拉了拉，確保已經上了鎖。「嗯，這裡看起來一切正常……現在大家都出去吧，早餐要冷掉了，我們已經遲了。還有，阿妮亞？」

我停下腳步，等著承受伊烏江瓦太太對我的怒吼，但她只是說：「下次你想看什麼直接問我就好，親愛的。我沒什麼好隱瞞的，這裡也是你的家，明白嗎？」

雖然我不太相信她的話，但還是點點頭。沒什麼好隱瞞的人才不會有上了鎖的抽屜，而伊烏江瓦太太的三個抽屜可是全都上了鎖。

「但是媽媽，他們都在撒謊！」蘇菲大叫，低頭以懷疑的眼神看著班，「我聽到他們說要偷東西……因為……他們玩『真心話大冒險』說他們敢偷東西！」

「班，你從這個房間裡偷了什麼東西嗎？」伊烏江瓦太太問。

班搖了搖頭，向大家展示他空無一物的雙手。

「阿妮亞，有什麼東西是你想從這個房間拿走或借用的嗎？」

我也跟著搖頭。

「嗯，那麼沒事了。蘇菲，你一定是聽錯了，對吧？走，該去吃早餐了。」伊烏江瓦太太一隻手搭在諾亞的肩膀上，另一隻手將他一直吸在嘴裡的湯匙拉出來，領著他走回廚房。

我等蘇菲也跟著離開，但她卻沒有移動。她就站在原地，怒視著我們三個，她眼中的恨意強烈到讓我連呼吸都不禁暫停。她瞪著我們，彷彿想用她的眼睛催眠每個人，就像媽媽以前讓我們看的《森林王子》動畫裡那條眼睛會打轉的蛇一樣。不過那條蛇既呆萌又有趣，而蘇菲卻和呆萌或有趣完全沾不上邊。

我們等著她開口，我可以看得出來特拉維斯和班也屏住了呼吸。

幾秒鐘後，蘇菲用手指著我們，「我不知道你們到底想做什麼，」她低聲說，聽起來就像是蛇發出的嘶嘶聲，「但我會找到答案的，然後你們就死定了！」說完，她轉身離開。

「有驚無險！」班咧嘴一笑，這讓我和特拉維斯回過神來，大大的喘了一口氣。「幸好伊太太沒有走過來檢查我的褲子。」班跳起來，拉起他的足球T恤，印好的地圖正貼著他的背，半塞進他的短褲裡。

「真聰、聰明！」特拉維斯說，和班擊掌，他臉上掛著大大的笑容，將所有的牙套都露了出來。

「太厲害了！」我也笑著說，同時舉起雙手和班擊掌，就像我從前在學校和艾迪、關做的那樣。

「沒錯，我的確是個天才，」班點點頭，「也許這就是為什麼我的髮型會和愛因斯坦一模一樣的原因。等吃完早餐，我就去把地圖藏在臥室裡……嘿！你也滿厲害的嘛，阿妮亞，」他的拳頭輕輕在我手臂上撞了一下，「你的表演給了我足夠的時間將地圖塞進褲子裡，並關掉印表機，幹得好！」

「沒錯。」特拉維斯也用拳頭撞了下我的手臂，只是力道更輕，像是不小心摸了一下。

「走吧，你們不餓嗎？」班問，「我現在可以吃掉十五片吐司呢！出這種特別任務總會讓我特別餓。」他對我們露齒一笑，半跑半滑的進了廚房。

吃過早餐後，我以為伊烏江瓦太太會讓所有人回到自己的房間，或是去玩，或是看電視，因為以前我們週末在家時媽媽大多會這麼做。沒想到伊烏江瓦太太卻將我們全趕上車，好讓蘇菲去戲劇學校假裝自己是一個女演員；讓踢球技術不佳的班去踢足球，然後被自己的隊友嘲諷；也讓特拉維斯在一個大體育館裡和其他上百個孩子練空手道，還被一個頭髮上夾著許多閃亮金屬髮飾的紅臉女老師大聲喝斥。之後所有人再趕去管弦樂團排演，聽蘇菲拉小提琴、班拉大提琴，而特拉維斯則坐下來，將紙片揉成一團塞進耳朵裡。

所有的活動都結束後，我們在車上吃了三明治，才跟著伊烏江瓦太太去購物中心買萬聖節的糖果，還有大家今晚要打扮的服裝道具。就在這個時候，我們什麼都還沒做，諾亞就順利完成了我們計畫的第一個部分——伊烏江瓦太太才剛踏進店裡買蘇菲的女巫帽，他就開始大哭大鬧說他也想要一套服裝。他哭得太厲害，最後伊烏江瓦太太同意我們兩個可以跟著特拉維斯和班一起出去要糖果，前提是我們答應絕對不離開他們半步。

班和特拉維斯對我豎起大拇指，還朝我眨了眨眼，好像諾亞哭鬧是我故意指使的。我不知道該如何告訴他們，我根本沒叫諾亞做什麼，所以只好也豎起大拇指作為回應，然後跟伊烏江瓦太太一起挑好我們的服裝。

等我們買完，終於回到家時，廚房的時鐘顯示已經四點多了。一看到時間，我立刻感覺彷彿有某種小蟲在肚子裡開始不停的蠕動。只剩不到一個半小時，我們就一定得出發了，但到目前為止，我們手上只有印出來的自行車路線圖和萬聖節服裝。我們還有超多事情要做，但即使回到家後，伊烏江瓦太太仍讓我們忙得團團轉。

首先，班和特拉維斯必須先去洗澡，因為他們兩個聞起來就像臭襪子，而我和諾亞得去幫忙整理剛才買回來的東西。然後所有的人都要幫忙一起準備晚餐，因為伊烏江瓦太太堅持在她的監督之下，沒有人可以不吃飯就吃一堆糖果。

當我們都在廚房幫忙時，我能感覺到時間開始以越來越快的速度溜走。特拉維斯和班還沒問伊烏江瓦太太，我們是否可以借用自行車？我們還要拿到班偷偷放進伊烏江瓦太太的推車、讓她不知不覺付了錢的零食，此外也得拿到手電筒。這麼多事要做，我們怎麼可能及時出發？

在班和特拉維斯洗完澡，晚餐也擺上桌之後，我開始覺得肚子裡好像裝了整個海洋似的晃來晃去。要是時間老人仍在生我的氣，故意讓我們失去一天的話該怎麼辦？如果計畫沒有成功，媽媽的星星被人以別的名字命名該怎麼辦？如果我無法把事情做好該怎麼辦？我聽到廚房時鐘的滴答聲似乎越來越響，彷彿正在試圖警告我時間所剩無幾了。

最後，就在我開始認為今天根本不是萬聖節，我們永遠不會被放出去時，伊烏江瓦太太終於拍了拍手說：「喔，你們趕快去換衣服吧，我已經聽到有人來要糖果了。」

一秒鐘後，門鈴響了，同時聽到幾個孩子的聲音在大喊，「不給糖就搗蛋！」

我感覺血液開始像無法控制的河流在體內湧動，我站了起來。

伊烏江瓦太太先對我皺了皺眉，然後才露出微笑，「啊，不用你幫忙，阿妮亞，你趕快吃完晚餐，我去開門就好。」

「凱蒂斯和羅貝塔七點會來接我，媽媽。」蘇菲說。這時伊烏江瓦太太從椅子上站起來，飛快的從廚房流理臺端起一個裝滿糖果的大碗，跑向走廊。「我才不會和你們這些遜咖一起去，哼！」蘇菲加上一句，然後在離開廚房前，以「我討厭你們所有人」的眼神狠狠瞪了我們。

我趁著伊烏江瓦太太不在廚房時偷偷看了眼時鐘，現在是晚上六點二十一分。太晚了！我們甚至都還沒準備好。

「阿妮亞，」廚房只剩下我們時，班低聲說，「待會兒你要說你也想去丹恩家，懂嗎？」

我點點頭，特拉維斯對我豎起大拇指，諾亞則舔了舔盤子，也跟著點點頭。

「我們還得想辦法讓伊太太離開廚房一會兒，這樣我才能拿到我們路上要吃的零食。」班看著存放我們所有零食的櫥櫃。

「上樓之後，我們會想出辦、辦法的。」特拉維斯說。

「伊太太，我們可以騎自行車，還有讓阿妮亞借用蘇菲的車嗎？」一等伊烏江瓦太太走回來，班就開口問。她手裡那一大碗糖果已經空了大半，讓我想起在萬聖節同樣總是給每個人太多糖果的媽媽。

「你們為什麼需要騎自行車，嗯？」伊烏江瓦太太蹙眉，「今晚我不想讓你們去太遠的地方，畢竟這是阿妮亞和諾亞第一次跟著你們出去。」

「可是丹恩說，我們願意的話可以去他家交換糖果。他家離我們家只有三分鐘的車程，而且他說阿妮亞和諾亞也可以去。」班懇求，「拜——託！」

伊烏江瓦太太無奈的翻了個白眼，看著我和諾亞，似乎不知道該怎麼辦，「嗯……」她說，「阿妮亞、諾亞，你們想去嗎？」

我點點頭，「想去，求求你。」

諾亞一聽馬上大喊，「想！想去！我想坐自行車！」

「看吧！」班說，語速開始加快，「如果他們也去，我們就有更多糖果可以交換，而且阿妮亞也可以認識丹恩，和他變成朋友。」

我看著伊烏江瓦太太，拚命點頭，盡可能的睜大我的眼睛。拜託，拜託，拜託，伊烏江瓦太太，請答應讓我們騎走自行車，我的心和眼神都發出同樣的祈求。

「嗯，」伊烏江瓦太太對自己搖了搖頭，「好吧，你們可以去丹恩家，但走路去就好。自行車對諾亞來說太大了，他沒辦法坐，我不希望發生任何意外。記住，我答應你們可以玩到八點半，所以有足夠的時間走路來回，不用趕，知道嗎？」

班和特拉維斯點點頭。我和諾亞看著他們，心想他們應該會再試一次吧？可是沒有。

班反而跳起來，伸手摟住伊烏江瓦太太的腰，抱了她一下，「謝謝伊太太，你真好！」伊烏江瓦太太聽了，不禁笑著又搖了搖頭。

我看見她微笑的回抱著班，這讓我好想念我的媽媽。我以為我已經很想她了，現在卻比之前的任何一刻都想她。

「去吧！」伊烏江瓦太太把班從自己身上拉開，向我們所有人微笑，「趕快準備好，不然就太晚了。」

我和班、特拉維斯、諾亞不約而同的點點頭，離開餐桌，準備去換上我們的萬聖節服裝。我走到廚房門口，抬頭看了一眼牆上的掛鐘，長針已經走過數字六，現在已經六點半了！

我強迫自己相信這些都不要緊，時間老人可能會拿走一整天，伊烏江瓦太太可能會拿走自行車，我們可能比計畫表上的出發時間晚一個小時，但沒有任何事可以阻止我去尋找星星獵人，讓他們以正確的名字為媽媽的星星命名。即使這意味著我必須將其他人——甚至包括諾亞——都留在後頭。

第十一章 老虎・女巫・衣櫥

「如果你們不想去了，也沒關係的。」我走到二樓臥室外的走廊時說，「只要把地圖給我，我可以自己去。」

「你在胡說什麼？」班的手放在臥室門把上，皺眉看著我。

「伊烏江瓦太太說我們不能騎走自行車，記得嗎？」我懷疑他是不是已經忘了，「距離太遠，沒辦法步行，尤其是諾亞，所以最好是我自己一個人去。」

特拉維斯的眉頭皺得更深，班則是發出嘖嘖聲，搖了搖頭。

「別傻了，阿妮亞。」班說。

「對啊，」特拉維斯也跟著說，「我們待會兒還是要騎自行車的。」

「真的嗎？」我問，一旁的諾亞興奮得跳上跳下。

「沒錯，當然是真的。伊太太說我們不能騎自行車去丹恩家，所以我們不騎去丹恩家。我們只騎去倫敦，懂了嗎？」班挑起眉毛看著我，一旁的特拉維斯則是點點頭，「嚴格來說，我們並沒有做任何她叫我們不要做的事。」

「喔。」我心裡突然覺得好開心，很想擁抱每個人，不過我沒有那麼做，只是點點頭說，「好。」

「我們趕、趕快換衣服出、出發吧！」特拉維斯說完就溜進他的臥室，還不忘抬手對我們豎起大拇指。

我和諾亞跑回自己的臥室。伊烏江瓦太太已經把我們的萬聖節服裝放在雙層床的下鋪，諾亞一看到，立刻跑過去拿起來套在頭上。幾秒鐘後，他被長長的白布蓋住，化身為小幽靈，但他顯然前後穿反了，眼睛的開口和大大的笑臉都出現在後腦勺。我拉住他，免得他撞上雙層床的梯子，然後動手幫他將白布轉了半圈，好讓他可以看到東西。

「妮亞，我是幽靈！」他說著，快樂的揮動手臂，讓白布上下飄動，「現在開始，所有住在這兒的鬼魂都會怕我了！」

「沒錯。」我俐落的把橙黑條紋的服裝套在衣服外面，再將毛茸茸的連身帽拉起來戴好。我拉上老虎服裝的拉鍊，條紋尾巴在我腿間搖來搖去。我本來想扮成獅子的，可惜伊烏江瓦太太帶我們去的那間店沒賣。我想這也無所謂，因為獅子和老虎都是生活在叢林中的大型貓科動物，換句話說，兩者在皮毛之下其實是一樣的。當不成《獅子王》裡的辛巴，當個星星獵人中的虎后也很酷。

我跑到衣櫥前，對著長鏡裡的自己大吼一聲，然後拿出我的書包。我將導覽紀念手冊、我的星空圖和上面有媽媽的星星照片的報紙放進去。接著，我想到了諾亞，便隨手多拿一條他的長褲，以防他半夜尿褲子。

「諾亞，看！」我高舉起一枝筆。媽媽總是會在我的書包前袋裡準備一枝備用筆，我都忘了它的存在。我手裡拿著這枝筆，突然間靈光一閃。我站到衣櫥裡，推開衣服，在衣櫥背板上用大寫字母寫下媽媽的名字。諾亞也跳了進來，咯咯笑著，嘴裡還模仿幽靈發出嗚嗚叫。

「來，」我將筆遞給他，「畫一個媽媽，快點，好讓每個人都能記得她。」我指著一個地方叫他畫。

幾秒鐘後，諾亞畫了一個滿頭捲髮、笑容燦爛的火柴人媽媽。他畫好後，還從幽靈裝扮下揮了揮手，彷彿他畫的媽媽是真的，只是別人不知道。我點點頭，心想不知道這個點子是否可行。在《獅子王》裡，彩面山魈長老拉飛奇用果實汁液在樹上畫了一個辛巴，然後施展咒語找到他。我很希望我們在找媽媽時也能那麼做，可是我們既沒有大樹，也沒有魔法果實，而且我也不知道任何咒語，只能用衣櫥、筆和許願來代替了。

「走吧！」我跳出衣櫥，關掉電燈。諾亞不再發出嗚嗚聲，跟著我走到班的房門口。我才敲了一聲，門就開了，但我們看到的卻不是班的笑臉，而是一個超亮的黑色面具，鼻子的部分有細細的格柵，巨大的眼球死死的瞪著我們。我們還是看得出來那是班，因為面具周圍的蓬鬆頭髮，還有披風下那總是反著穿的紐卡索聯足球俱樂部連帽棉衫出賣了他。

「你這是打扮成誰啊？」我問。

他的聲音從面具後傳出來，「我給你一個線索。」然後一隻手指著前方，另一隻手在黑色長披風裡揮了揮，聲音壓得很低，「我是你的父——親。」

我皺眉，而諾亞卻搖著頭說：「不是，你不是！」

「猜到了吧？黑武士達斯．維達？」班問，聲音恢復正常。

我聳了聳肩。

「《星際大戰》裡的那個？」

我又聳了聳肩。

班摘下面具，對我皺眉，「你是說你們從來沒有看過《星際大戰》？即使你那麼喜歡星星？」

我搖了搖頭。

班瞪視著我，彷彿我剛剛告訴他一個前所未聞的慘劇。

「沒關係，等回家後，我們可以陪你們一起看。」他說。特拉維斯在這時拉開臥室的門，也站到走廊上。

我看著特拉維斯，忍著不笑出來。他穿著一套很像是一件式睡衣的發光骷髏裝，可是他又高又瘦，乍看之下那簡直就像他全身骨頭的X光片。就連他的連身帽也畫了頭骨從後面看過去的樣子。

「諾亞，你真是一個超酷的幽、幽靈！」特拉維斯輕輕拍了拍諾亞的頭說。

諾亞的幽靈腦袋點了點頭，雙手試圖從幽靈服底下豎起大拇指。

「大家進來等我一下，」班揮手要我們進去他的房間，「我的背包還沒收拾好。」

我們魚貫走進他的房間，看著他跑到床邊，跪在地上。趁著他伸手在床墊下找東西的時間，我和諾亞仔細打量這個房間。班的房間和特拉維斯的房間截然不同，感覺簡直像走進另一棟房子。牆上的壁紙是黑白條紋，兩隻灰色海馬站在紐卡索聯足球俱樂部的旗幟旁邊，讓我產生一種我們被斑馬吞下，正站在牠肚子裡的錯覺。牆壁上貼著好幾張不同的紐卡索聯足球俱樂部球員的海報，另外有一張卻是一個穿著亮晶晶的襪子，踮起腳尖唱歌的歌手。

在比較寬的那面牆擺了一個和特拉維斯房裡一樣的書櫃，不過班的書櫃裡裝滿了上百張ＣＤ和足球貼紙書，還有許多足球運動員的搖頭娃娃。每個娃娃的頭都在搖個不停，彷彿有一根無形的手指一直在戳它們。班的書桌上沒有電腦，反而放了電子琴、小型音響和一組繞行書桌的玩具火車。

諾亞看到電子琴，跑過去跳上班的椅子，開始亂按黑鍵和白鍵。由於電源關著，所以沒有任何聲音，但諾亞不在乎。小幽靈彈著無聲電子琴的畫面看起來十分逗趣。

「奇怪，」班站起來，一臉困惑，「我找不到。」

「找、找不到什麼？」特拉維斯問。

「列印出來的地圖……」班皺眉看著我們，「我今天早上把它放在這下面——就放在這裡。」他指著自己的床墊。

他快步走到衣櫃前，猛力一開，慌亂的在成堆的衣服裡翻找。然後又跑回書桌，檢查抽屜，但裡面只有他的課本。

特拉維斯搖著頭，跑到床邊在抱枕間翻找，「我、我們需要地、地圖。」他說，看起來一臉擔心。

「你們這幾個蠢蛋在找這個嗎？」

所有人嚇得跳起來，連諾亞都停下在鍵盤上假裝彈奏的手，我們一起轉向聲音的來源。

手裡拿著列印地圖，站在門口的正是蘇菲，不過她看起來一點也不像是蘇菲。她戴著及腰的紫色長假髮，還有一頂紫色絲絨女巫帽，披著以閃耀的紫色和黑色亮片製成的披風，底下是一身純黑的絲絨長洋裝。她用厚厚的粉底遮住臉上的雀斑，臉頰和眼皮塗上一層金白色的粉，戴著黑色露指蕾絲手套，長長的紫色指甲從裡頭伸出來，手裡拿的不是常見的黑藥鍋，而是一個貓形皮包。她打扮成女巫，是我見過最酷、也是最紫的女巫。

「還是一樣蠢啊，班，只會把東西藏在床墊下。」她邊說邊搖頭，還嘖嘖兩聲以表示她的不屑，「我聽到你們昨晚在計劃愚蠢的倫敦絕密任務，要是媽媽知道了，她會在你們還來不及說『可、可是媽媽……』之前就告訴警方，通知社福單位。」

在蘇菲冷笑的注視下，特拉維斯的臉漲得通紅。我意識到昨晚特拉維斯房間外的嘎吱聲並不是平時地板熱脹冷縮的聲音，而是蘇菲在暗中監視我們，我的眼睛瞬間睜大。

「把它還給我們！」我說，驚訝的發現自己的聲音居然沒發抖。我上前一步，伸手要她交出地圖，「那是我的！也是班和特拉維斯的！」

「也是我的！」諾亞補充。

蘇菲用指尖撩起一縷紫色長髮纏繞把玩，「是嗎？嗯，你們從媽媽的印表機偷了紙和墨水，只要媽媽一看到，就會知道你們在她辦公室裡做了什麼，還有你們對她撒了謊！」

班和特拉維斯互看一眼。諾亞從椅子上跳下來，忘了沒人能看到他的臉，半躲在我的身後。我伸手攬住他，試著不讓自己有罪惡感。我不想說謊，不想傷害伊烏江瓦太太，我只想趕快去找媽媽的星星。

「不過，我也不是不能把這個還給你們……」她說，揚起眉毛，看著她指間的長髮，彷彿她是在對頭髮說話，而不是我們。「我猜我也可以不把我聽到的一五一十的告訴媽媽……只是我需要一點回報，有價值的回報。」

我望向班和特拉維斯，不知道他們打算怎麼做。我沒有任何蘇菲可能會想要的東西——穿黑色套裝的女士只讓我從那間不是旅館的旅館帶走書包，還有裝在黑色垃圾袋裡的臥底服。

「好吧……你要我們給你什麼，才肯把地圖還給我們，而且不去告狀？」班問，慢慢的向前跨出一步。

「嗯，讓我看看……」

蘇菲走進房間，伸出食指將紫色的長指甲靠在下巴上，環顧四周。我感覺諾亞抓著我的腿的手加大了力道，彷彿在害怕我們會很樂意將他送出去。

「讓我想想，我想要什麼呢……我想要什麼呢……」

班焦急的看著自己收藏的足球明星搖頭娃娃，緩慢的移向書櫃，好像想保護它們似的。

「別在那裡耍笨了，」蘇菲說，「誰會想要你那些蠢娃娃……」然後她笑著轉過身來看我。

「我想要……那個。」她指著我的胸口說。

「我的……我的老虎裝？」我感到困惑，低頭看著身上的條紋服裝。蘇菲比我高出許多，我的衣服她根本穿不下。

「不是，蠢蛋。」蘇菲說。她傾身向前，用手指點向我頸間的盒墜項鍊，「這個，我要這個！」

我還來不及阻止自己，就已經下意識的搖頭，並聽到自己說：「不行！」然後感覺到我的手指緊緊握住銀色盒墜。雖然裡面沒有相片，但我從來沒有取下來過。這是我僅剩的爸媽一起買給我的物品，除了自己，我不想讓任何人擁有或佩戴它。

「如果你不給我，我就把聽到的一切都告訴媽媽。她不但會告訴你的社工師和兒童服務機構，還會報警，然後他們會讓你和諾亞永遠分開。」蘇菲說，她的臉、嘴巴、牙齒和閃閃發光的紫色眼睛像緩慢游動的鯊魚，逐漸靠近我的臉，「他們就是這樣對付愚蠢的逃家寄養兒童，先把他們送走，將兄弟姊妹分開，讓他們再也回不來。你可以問班，他應該很清楚。」

我看著班，等他開口否認，但他只是一言不發，低頭看著地板，彷彿那裡突然裂了一道縫，而他恨不得跳進去藏起來。

所有人都陷入沉默。我知道諾亞很害怕，因為他的呼吸聲越來越大，彷彿卡在樹上找不到出路的陣陣微風。

「我數到三……」蘇菲警告的看著我，「然後我就會叫媽媽上來。一、二、三——」

「不！」我大喊，「不要！拿去！」我強迫手指聽話，顫抖的解開脖子上的銀鍊。

蘇菲看著我遞過去的盒墜項鍊，伸手抓住，對我微笑。她舉起列印的地圖，擺出一副還想留著的模樣，然後猛的往我們身上一扔。紙張像大片的白色羽毛四處飄散，緩緩落到地面。

我看著她把我的盒墜項鍊掛在脖子上，咬牙試圖吞下在我喉嚨裡燃燒的巨大火球。

「啊，還不錯。」她笑著甩了甩頭，讓假髮回到原本的位置，然後看著我們，露齒微笑，「你們一定會闖下大禍，到那時媽媽絕對不會留下你們任何一個。我還以為得花更多力氣才能擺脫你們呢，結果你們反而自尋死路，讓我坐享其成，真是感謝啊！」

接著，她露出彷彿我們剛祝她生日快樂似的微笑，轉過身，用力關上房門。沒有了盒墜項鍊，我突然覺得自己像是再一次失去了爸爸和媽媽。

班在她離開後，立刻拾起地上的自行車路線圖，依序整理好。他的臉色變得和他的達斯・維達面具一樣黑，眼睛仍舊不敢看我。

「對、對不起，阿妮亞，」特拉維斯也蹲下去幫他，並輕聲對我說，「我們一定會幫你拿回來的……」

「沒關係，」我聳了聳肩，試著裝出項鍊其實沒那麼重要的樣子。我告訴自己不准再臉紅了。「去倫敦遠比那個重要。不過你們確定她不會告發我們嗎？」我問，感覺有點想吐。既然我們曉得蘇菲什麼都知道，自然就覺得沒有什麼事是安全的了。

班點點頭，「她現在絕對不會告發我們。」他平靜的說，「她拿了你的盒墜項鍊，她知道如果告發我們，我們就會告訴伊太太這件事。」

「但、但無論如何我們都應該快、快點出發，」特拉維斯開口，「免、免得夜長夢多。我把、把計畫表放進我的包、包包裡了。」他指著床上的運動包包說。

「而且現在也拿到地圖了。」班說，把地圖塞進他的紐卡索聯足球俱樂部背包裡。

「可是……手電筒呢？」我指出我們計畫中的一部分，「沒有照明，我們怎麼看地圖？還有零食呢？」

「伊太太應該把幾支手電筒收在了棚子裡，」班說，「我們去牽自行車時可以順便拿出來，等到了棚子那邊再來想零食的事。」

「我們必須繞到後、後面，然後爬進去。」特拉維斯說。

班點頭表示同意。

我聽不太懂，但還沒來得及問，伊烏江瓦太太就開始在樓下大喊——

「孩子們！你們到底想不想去要糖果？動作快，已經七點了！」

我倒吸一口氣，感覺彷彿有某個隱形人踢了我胸口一腳。

「快點，我們走吧！」我喊著，跑出房間，快步下樓，甚至沒有管其他人是否跟上。我們還是有機會及時趕到，不過前提是動作要快一點。

「你們總算下來了。」當我們匆匆走進廚房時，伊烏江瓦太太拍了下手，「啊，你們想拍張照嗎？」她突然從身後拿出相機，閃光燈對著我們閃了一下銀光。

「嗯，裝糖果的袋子你們都準備好了。」她點了點頭，在班的背包上拍兩下，「很好！我給丹恩的媽媽打過電話，留話說你們會在八點左右到他們家交換糖果。你們最晚要在八點二十分前離開。」

「好，謝謝伊太太。」班說，「呃……我們可以帶些零食……和水嗎？」

特拉維斯點點頭，我也趕緊跟著點頭。

「帶零食做什麼，嗯？今晚你們可是會拿到吃都吃不完的糖果呢！」伊烏江瓦太太笑道。

「喔，也對。」班回道，他的面具上上下下的點著頭。

「不過帶水倒是個好主意，可以幫你們把嘴巴裡所有的糖都沖掉。」伊烏江瓦太太打開櫥櫃，拿出四瓶水，讓我們放進包包裡。

「好了，」在我們走向前門時，伊烏江瓦太太說，「玩得開心點——不要吃太多甜食，不然會生病的。諾亞，你聽到我說的話了嗎？」

諾亞在白布下點了點頭。

「謝謝。」特拉維斯揮手道別，帶頭走向前花園。我驚訝的發現草叢裡伸出好多掛在長棍上的南瓜燈，我猜一定是伊烏江瓦太太趁我們換衣服時擺上去的。

「聽到了，謝謝伊太太。」班跟著說。

「謝謝，伊烏江瓦太太。」我說，伊烏江瓦太太微笑的拍了拍我的背。我也報以微笑，內心卻充滿罪惡感。過了今晚，她應該會氣到再也不會對我微笑了。

我們走出前花園，穿過嘎吱作響的木門，就在這時，一大群女巫跟著埃及木乃伊、殭屍跑過我們身邊，衝向伊烏江瓦太太家的大門。

「走這邊。」班小聲的說，示意我們跟上他。我們沒有走向擠滿了孩子、父母和飄著許多糖果包裝紙的馬路，而是轉過拐角，走進位於伊烏江瓦太太家和隔壁房子之間的小巷。經過一大排垃圾箱後，我們在花園亮藍色的木門外停下。

班伸手推了推，但是門從裡頭被鎖上了。「特拉維斯？」他低喚，順手摘下面具，遞給了我。

我接過面具，看著特拉維斯彎下腰，將雙手合攏作為踏板。班將一隻腳伸進特拉維斯微拱的手心，他整個人隨即被抬起來，順利的翻過牆，簡直就像搭乘電梯一樣，動作一氣呵成，彷彿這是他們每天都會做的事。轉眼間，班已經消失在木門的另一邊。片刻之後，「喀噠！」一聲，巨大的花園木門被推開了。

「噓！」班招手示意我們進去，壓低聲音說，「看，伊太太還在廚房裡。」

廚房裡明亮的黃色燈光從花園的另一側映射在我們身上，透過花朵圖案的窗簾可以看到隱約的身影。

「現在怎麼辦？」我問，在特拉維斯身後踮起腳尖。

「現在我們得等伊太太離開廚房。」特拉維斯輕聲說。

「然後我們就去要糖果嗎？」諾亞問，比應該有的音量還要大聲許多。

「噓！」我警告他，透過白布伸手摀住我猜是嘴巴的地方，「對，但要更晚一點。我們必須先拿到自行車，才能去看媽媽的星星，懂了嗎？」

諾亞點點頭，用幽靈手臂抱住特拉維斯的腿，不再說話。

一隻貓頭鷹在夜空中叫了一聲，我們全盯著廚房的窗戶，靜靜的等待燈熄滅。

第十二章★不那麼祕密的逃脫

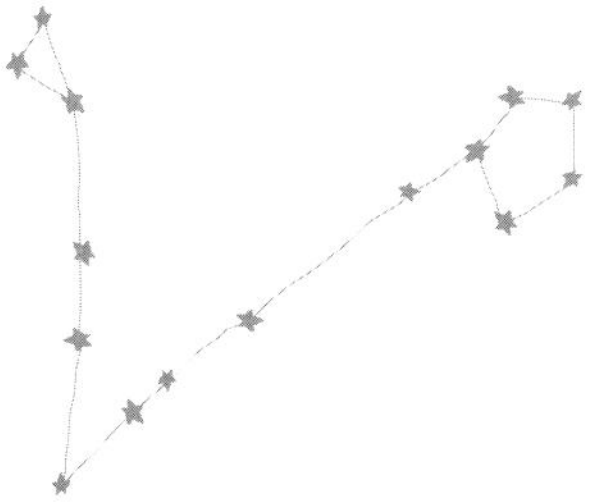

我穿著老虎裝，蹲在黑暗中的灌木叢後面，和一個感到無聊的小幽靈、一個在發光的骷髏，以及達斯．維達一起等待，感覺很奇怪。甚至比爸爸買了一個小丑當諾亞的生日禮物驚喜感覺更奇怪——爸爸帶回家的不是小丑玩具，而是一個活生生的小丑，他來我們家折了一個小時的動物氣球，然後又消失無蹤。爸爸總是喜歡給我們驚喜，那個小丑驚喜是他給我們的驚喜當中最有趣，也是最奇怪的。不過我相信，如果他現在能看到我和諾亞，肯定會覺得這比小丑禮物還要來得奇怪。

「看在老天的分上，快一點吧！」班低聲說。透過窗戶，我們可以看到廚房的燈還亮著。「她到底在做什麼？怎麼這麼久？」

「妮亞，我很無聊，」諾亞略帶著哭腔說，「我想去要糖果。」

「噓，諾亞，很快就好了，好嗎？我保證。」

小幽靈諾亞嘆了口氣，又靠在特拉維斯的腿上。

「看！」班興奮的說。

廚房窗戶裡的燈光熄滅了。

我們屏住呼吸等著看伊烏江瓦太太會不會再回來，但並沒有。

「在那裡，」班指著一個更高處的窗戶說。之前那扇窗戶是暗的，但現在有盞燈亮了。「她去了自己的房間。」

「好，」特拉維斯說，「就是現在！」

我們躡手躡腳的走向花園的棚子。特拉維斯小心的拉開銀色大門栓，打開棚子的門，我們其他人在一旁緊張的等著。起初，我只能看到一團黑，不過幾秒鐘後，我的眼睛開始分辨出面前的輪廓，看得出來裡頭有一輛大的自行車和三輛較小的自行車，全都側躺在地上，彷彿有人將自行車放倒讓它們睡覺似的。

「退、退後一點，」特拉維斯輕聲說，揮手示意我們離開棚子，「我一個人把自行車牽、牽出去會比較容易一點……」

我們全退到花園裡，特拉維斯將比較小的自行車一輛輛扶起來，交到我們手裡。片刻之後，班牽著一輛黑白條紋的自行車，而我則牽著一輛亮藍色的自行車。

班取下掛在把手上的閃亮黑色安全帽，戴在頭上，我則拿起蘇菲的藍色安全帽。

「等等，」班看著我將蘇菲安全帽上的帶子弄短，小聲問，「諾亞呢？我們沒有安全帽可以給他戴。」

「伊烏江瓦太太的呢？」我指著棚子問。

「她沒有安全帽。」班搖搖頭說，「去年她弄丟了之後，就沒再買新的。」

「怎麼了？」特拉維斯問，他關上棚子的門，牽著他的紅色自行車走到我們面前。

「我們沒有安全帽可以給諾亞戴。」我低聲說，為了沒有提前想到這點而覺得自己是個壞姊姊。

「喔。」特拉維斯應了一聲，我們全低頭看著諾亞。

小幽靈諾亞回瞪我們，大眼睛在大大的布料開孔後閃爍。

「我想到了！」特拉維斯說，「在這兒等著。」然後他踢了下自行車的金屬支架，把車停好，跑向屋子裡。

「你要去哪兒？」班皺著眉頭小聲問。

但特拉維斯已經跑到廚房門口，溜進門後的黑暗之中。

有那麼幾秒鐘，周圍的一切都像一場奇怪的夢。夜空中，一隻鳥開始鳴叫，月亮躲到一大片雲朵後，讓花園彷彿落入了黑洞中，就連諾亞都安靜下來。班的面具在月光下閃耀著詭異的紫黑色，而諾亞的幽靈白布看起來像玻璃杯中散發出螢光的牛奶。

「來，」班輕輕推我一下，將他的面具拉到頭頂。「我們邊等邊準備諾亞要坐的位子。」

我點點頭，跨坐在蘇菲的自行車椅墊上，班則把諾亞抱起來，放在我前面的把手橫桿上。

「唉唷，好痛！」諾亞坐在長長的金屬橫桿上，搖搖晃晃的抱怨道。

「行不通的，」我低聲說，「形狀不對。」以前在我們家，我的自行車把手很低，中間是個三角形，諾亞想一起騎的時候可以擠在那兒，但蘇菲這輛自行車的設計顯然不適合兩人共騎。

「我們該怎麼辦？」我有點慌亂的問。

「等我一下。」班低聲回應，將諾亞抱起來，放回地面。

他躡手躡腳的回到棚子裡，消失在黑暗中。幾秒鐘後，他推著一輛更大的自行車再度出現。

「你騎伊太太的吧，諾亞可以坐在那裡。」班指著固定在自行車後方的大藤籃，壓低聲音說，「我們之前怎麼會沒想到呢！」

「太棒了！」諾亞大叫。

「噓！」我和班立刻轉過頭去瞪他。

「但是……」我看看蘇菲的自行車，又看看伊烏江瓦太太的自行車。

「沒關係的，」班看出我在想什麼，出聲勸道，「我們別無選擇，只要你能騎就好。我們又不是要偷車，只不過是借用而已。」

我在心裡向伊烏江瓦太太承諾會小心照顧她的自行車，然後動手將坐墊調到最低。這輛自行車比蘇菲的更大且更重，我必須將腿伸得更長才能踩到踏板，還好我踮起腳尖勉強可以踩動。我把老虎尾巴纏在手臂上，在班把諾亞放進籃子裡時，對他豎起大拇指。諾亞的腿懸在籃子後面，換句話說，他是背對著我的，看不到我在做什麼，不過這對諾亞來說似乎更有趣。

「這樣可以嗎，諾亞？」我低聲問，半轉過身低頭看他。

諾亞的幽靈白布點了點頭，發出咯咯的笑聲。

「酷！」班說著，迅速的將蘇菲的自行車推回棚子裡。就在他將門栓推回去時，突然間，震天價響的可怕撞擊聲在我們耳邊響起。

我們轉頭望向房子。某種金屬物品滾落地板的聲響從廚房傳來，就好像永無止境的巨型骨牌倒塌，鏗鏗鏘鏘的讓我們心驚膽跳。伊烏江瓦太太房間旁邊的窗戶幾乎立刻亮起燈光，一圈白色的光暈映射在我們身旁的棚子上，彷彿它做了什麼壞事被警察的手電筒捕捉到一樣。我們屏住呼吸等待，廚房的門在下一秒被用力推開，特拉維斯全速朝我們跑過來，手臂下夾著一個上面全是洞的閃亮銀盆，手上拿著四個裝得鼓鼓的「不給糖就搗蛋」袋子，另一隻手則拿著一個小小的會反光的方形物體。

「趕快跑！」當二樓另一盞燈亮起時，他瘋狂的用嘴型對我們示意。

「我的老天爺啊！」班一邊喊，一邊試圖同時推著他和特拉維斯的自行車跑向花園木門。不過他還跑不到三步，特拉維斯就從我們身邊快速衝過去，將袋子全扔給班，牽過他的自行車，將花園木門猛然拉開。

「諾亞，坐好，抓緊了！」我低聲說，盡可能的用力踩下伊烏江瓦太太自行車的踏板。

我聽到班的自行車從我身邊騎過，還有特拉維斯按住大門時發出的急促呼吸聲。可是無論我多麼努力，我的自行車還是一動也不動，就好像知道我想把它偷走，所以故意不讓車輪轉動似的。

「煞、煞車！」特拉維斯催促著，「鬆開煞車！」

我低頭瞪著自己的手，腦袋突然恢復正常。當然！煞車！我太過慌張，手指不自覺的握緊煞車。我立刻鬆開手，感覺腳踏板被釋放後，自行車往前暴衝。

「快點走！」班急急的說，在光線從廚房窗戶照射出來時拉下面具。

我意識到我們就快被逮到了，感覺一股能量從腳下迸發出來，我站在伊烏江瓦太太的自行車踏板上，盡我所能的用力踩踏。不到兩秒，我已經穿過花園木門，聽到腳下的輪胎輾過外面馬路所發出的吱吱聲。

「來！」特拉維斯大喊，俯身將一個金屬濾盆倒扣在諾亞的頭上，然後繼續騎車往前衝。

「太空安全帽！」諾亞歡呼，滿是孔洞的金屬濾盆往下滑，蓋住他的眼睛。

「沒錯！」我回答，迅速將自行車轉向，把有人穿越鍋碗瓢盆時發出的鏗鏘聲，以及扯開喉嚨大喊的「小偷！不要跑」都拋在身後。

我幾乎看不見前方班和特拉維斯的身影，急忙撥動車鈴讓他們知道我就跟在後頭，接著回頭看了眼諾亞，提醒他，「抓緊了，諾亞，我們即將進入太空！」

第十三章 ★ 通往邏輯巷的漫漫長路

自行車在馬路上疾馳，腳下的踏板越踩越快，在伊烏江瓦太太家那條街道上，我跟著班和特拉維斯左右穿梭在所有要糖果的人潮中。

「嘿！」

「小心！」

「爸爸，看！騎自行車的老虎！」

「哇，騎慢點！」

「一群愚蠢的孩子！」

不同的聲音對著我們大喊。我們不停的撥動車鈴，越過女巫、巫師、科學怪人和至少十二個背著裝滿糖果袋子的迷你吸血鬼。街上幾乎每棟房子都裝飾著蝙蝠形狀的小彩燈，或是中間放了塑膠蠟燭的南瓜燈，以及有人經過就會突然打開的假棺材。一切看起來是那麼有趣，讓我好希望媽媽現在就在我們身邊，希望我們不必去倫敦找皇家星星獵人告訴他們關於她的一切，而是再一次讓她帶著我和諾亞一起出去要糖果。

如果可以再度感覺到她牽著我們的手過馬路和敲門，聽到她告訴我們要盡可能多留點糖果帶去學校的溫柔聲音，那該有多好。這個想法讓我喉嚨瞬間緊縮，眼淚也不由自主的掉下來，我只能告訴自己別再想了，盡量不去看周圍所有開心微笑的爸媽和他們的孩子。

特拉維斯跟在我身後，但幾秒後就越過我身邊，在我前方的馬路上飛馳。「快點！」他大喊，彷彿背後有人在追我們似的。他在路的盡頭放慢了速度，撥動車鈴好讓我們知道他在哪兒，然後轉彎消失。班跟著他，很快的也不見蹤影。我在他們身後用力扭轉把手。

「諾亞，你還好嗎？」我問，努力在激烈的心跳聲中豎起耳朵聽他的回答。現在我除了逃家，還偷了伊烏江瓦太太的自行車，並且唆使諾亞、特拉維斯和班一起跑掉，這感覺好像除了自己正常的心臟外，又多了另外三顆心。

「很——好！」諾亞大喊。因為我們正騎在看起來像是閃閃發光的魚鱗的鵝卵石上，所以他的聲音斷斷續續的，「這實在是太好——玩——了！」

我用力眨眼，以免錯失班和特拉維斯的身影，並使盡全力踩下踏板，學著他們每一個左右滑行和繞過轉角的動作。道路越來越窄，周圍的樹木和灌木叢彷彿也越靠越近，好似想看看我們在做什麼一樣。夜風吹拂樹梢、樹枝和成千上萬的葉子，發出猶如洶湧海洋般起伏不定的巨大沙沙聲，將我們的自行車車輪發出的噪音都淹沒了。而躲在大片灰雲之間的月亮，也時不時的露出臉來追趕我們。

我繼續往前騎，想讓自己高興一點——在我的想像中，真的踏上前往倫敦的路時，我一定會很開心。然而，我現在滿腦子只想著不知道伊烏江瓦太太會請多少警察、社工人員和穿黑色套裝的女士來追我們，根本就開心不起來。他們很可能已經在路上了，不曉得當他們抓住我們時會發生什麼事。我猜即使我向每個人解釋前因後果，並告訴他們是我強迫班和特拉維斯幫忙的，我和諾亞還是會被帶到專門聚集那些不乖的寄養兒童的地方，並且從此分隔兩地。

換句話說，一旦我確定媽媽的星星會以她的名字命名後，我和諾亞就真的得逃去找爸爸，請他幫助我們。班和特拉維斯願意當我的兄弟，還肯幫助我去找媽媽的星星，我其實並不想和他們分開，可是依照現在的情況，我離開反而對他們比較好。我希望沒有任何事會影響到他們被收養。

隨著路燈逐漸減少，住家和樹木也越來越少，特拉維斯放慢速度，在轉過一個大拐角前，用車鈴提醒我們小心別跟丟了。自行車繞過彎道，我發現圍繞在眼前開闊空間的路極為狹窄，只能容納一輛車行駛。我不禁要想，特拉維斯是怎麼知道該走哪條路，因為路上並沒有標示，而他完全沒有停下來查看地圖，一次都沒有。

開始爬坡後，我可以感覺到腿部肌肉越來越僵硬，而且我看到班和特拉維斯的速度也慢了下來。沿著小路，一排引人注目的灌木叢化身為整齊排列的軍官，默默注視我們穿過暗夜中的漆黑旱田。我們騎得越遠，灌木叢就變得越高，直到最後，高到除了灌木叢和上方的天空之外什麼都看不見。

「嘿，我們……來唱……歌吧！」班喘著氣說，吃力的踩著踏板。

坡度越來越陡，在黑暗中，感覺簡直像是要騎到山裡面。

「唱歌會讓……時間……過得快一點。」

「好！」特拉維斯大喊，彈撥車鈴，「但記得腳不要停！」

我告訴自己的腿千萬要堅持住，然後點點頭，試著想出一首大家都知道的歌。

「諾亞……你來挑一首歌吧！」特拉維斯高喊。

我可以感覺到諾亞在藤籃裡移動，試圖轉過來看我們。

「小心，諾亞！」自行車開始搖晃，我警告他。我看不到諾亞的臉，但至少他不再移動了。

然後突然間，他彷彿集中了所有的力氣，在夜空裡喊出來，「啊——溫巴喂——翁巴喂——」

「什麼？啊——溫巴喂？」班在自行車上轉過身問。

我笑了。這是諾亞的「快樂歌」，在他知道每個人心情都很好的時候，就會在廚房裡對著爸媽唱這首歌。

「你知道，就是……《獅子王》……裡的歌。」我解釋，追上班，騎在他身後。我很高興天黑了，至少他看不到我的臉有多紅，我開始扯開喉嚨唱這首歌。

「喔，對！」班說，轉過來看我一眼，「我知道……這首歌。」

特拉維斯騎在我們前面，開始大聲唱，「啊喂——桑必巴——印巴——喂——」

諾亞聽到開心得不得了，差點從籃子裡跳起來，隨即跟著大聲唱和，「啊——溫巴喂——翁巴喂——溫巴喂——翁巴喂——溫巴喂——翁巴喂——」

特拉維斯的自行車突然騰空飛起，「砰！」的一聲著地，驚險的向左打滑。「小心！有樹枝！」他大叫。

「有樹枝！」班跟著重複，同時左右擺動把手。

我完全學他的動作，好讓輪子避開躺在馬路中央的長樹枝。我將車鈴彈撥得叮噹響來向特拉維斯表示感謝之意。他一定是想到我身後的籃子裡還坐著諾亞，如果我們撞到樹枝，絕對會摔得很慘。

特拉維斯在前面也彈撥車鈴表示「不客氣」，接下來大家都沒再說話，只是更加專心的注意前方的路況。

我們沉默的繼續前進，周圍的灌木逐漸變矮，樹木和田地再度出現在眼前。隨著時間一分一秒過去，我的腿越來越沉重，呼吸越來越大聲，感覺路也越來越難騎。一大滴汗從我的臉頰緩緩流下，滲入蘇菲的安全帽帶子裡。我真希望到倫敦是一路下坡，這樣我們不但可以更快到達，也不會像現在爬坡爬得那麼累。

列印出來的地圖沒有任何路況資訊，對於路上充滿顛簸、丘陵、山坡和人們隨手亂扔的登山杖，我們一無所知，自然也不曉得這些障礙會讓我們的行車時間拖得更久。

就在我要伸出手指彈撥車鈴，想問他們可不可以停下來喝點水時，車輪下的馬路突然開始震動起來，身後響起機器的轟鳴聲，我整個人愣住了。一秒鐘後，兩道巨大的光束繞過彎道，對著我周圍的灌木閃了兩下，以示警告。

「有——車！」我高喊，在汽車從我身邊疾馳而過時，直接將自行車轉向灌木叢。

自行車撞上成堆的葉子後反彈回馬路上，無數根鋒利的樹枝割裂我的臉和手，彷彿因為被我們打擾而發怒。我感覺到諾亞坐的籃子變鬆了，心裡很清楚接下來會發生什麼事。我從坐墊上跳下來，看著自己的手向後伸，抓住諾亞和他身上飄動的白布，用力將他拉向我。他落在我身上發出沉悶的撞擊聲，我聽到他發出不明顯的嗚咽，我的背重重的撞上馬路，將所有空氣都從肺部擠出來。

我們兩個人躺在地上都沒說話，我大口喘氣，試圖恢復正常呼吸。我聽到前方不遠處傳來尖銳的煞車聲、沉悶的撞擊聲、車輪摩擦聲，還有某人大叫的聲音，最後則是憤怒的喇叭聲。

「叭你自己吧！」我聽到班大喊。

我站起身子，把諾亞也拉起來，迅速環顧四周。汽車消失在黑暗中，彷彿從沒存在過，特拉維斯和班牽著自行車，倒退著離開灌木叢。他們沒有摔倒，不像我和諾亞那麼慘。

「大家都還好嗎？」班一邊問，一邊跑向我們。

「阿、阿妮亞？」特拉維斯語氣擔心的確認狀況。

我沒有回答，因為即使在黑暗中，我也能看見諾亞的幽靈服裝破了，他的下唇顫抖，正抬手擦眼淚。他臉頰上有一道長長的紅色傷口，顯然有根銳利的樹枝穿過金屬濾盆上的洞刮傷了他。

「很疼嗎，諾亞？」我問，靠近他的臉，想看得更清楚些。

他點點頭。我看得出來他很努力想裝出勇敢的樣子，因為他沒有像以前那樣哭喊。

我舔了舔我的虎爪，輕輕撫過他臉上的刮痕，模仿諾亞在公園摔倒時媽媽會做的動作。以前我們受傷時，媽媽總會舔舔她的手，然後輕輕撫過我們的傷口。

「好噁！」諾亞大喊，推開我的手，抹去我的口水，就像他以前對媽媽做的那樣。不知道為什麼，他的反應讓我既高興又悲傷。

「嘿，你們覺得那輛車該不會是警察或政府機關的人吧？」班問，抬頭看著前方的馬路，但那裡已經再次被黑暗包圍，什麼都沒留下。

「不是。如果是的話，他們會停、停下來。」特拉維斯說著，忍不住皺眉看著我，「阿妮亞，你真的沒事嗎？」

「沒事。」我聳聳肩，撒了謊。雖然感覺左腳踝很痛，臉頰和下巴的傷口猶如針刺，但我不想說出來，免得他們開始考慮我們是不是該回頭。

「可是……你的臉，」班指著我的臉說，「還有你的……」他的手往下指著我的手。

諾亞不再揉眼睛，也抬起頭來看著我的臉。

「怎麼了？」我將雙手舉到眼前，看到手指遍布細碎的紅色傷痕，彷彿被憤怒的隱形貓用利爪攻擊過。我用手指小心翼翼的撫摸自己的臉頰，感覺到一側布滿刮痕，下巴也有許多傷口。

「一點都不痛。」我向他們保證，心裡想著還好不是白天，沒有人看得到。「我待會兒洗一洗就沒事了。」我故意忽略腳踝的劇痛，把自行車拉過來，重新跨上去。

「來，我們繼續騎吧！」我努力以正常的語氣說。我們必須前進，絕對不能停在這裡。「你們能把諾亞抱上來嗎？」我問，試圖不讓眼睛湧出淚水，「我們離倫敦還有多遠？」我騎著自行車遠離灌木叢，轉頭望向身後好確認馬路上沒車。

「還、還很遠。」特拉維斯回答，在確認藤籃牢固之後，將諾亞抱了上去。「我們快到牛、牛津了，可是現在快九點了。」

「那麼我們就來比誰騎得快吧，目的地是倫敦！」我大喊，以腳踝允許的最快速度踩著踏板，並且努力控制不露出一點疼痛的表情。

特拉維斯和班跑向各自的自行車，沒過多久，他們就已經騎到我前面。我可以看到特拉維斯的把手前面似乎有某個東西在散發藍光和灰光，不禁猜測那到底是什麼。在黑暗中看起來像是手機，但我知道他沒有手機，所以一定是別的東西。我告訴大腦下次停下來時要記得問問他。

我們繼續往前騎，我感覺腳踝越來越痛，頭上蘇菲的安全帽越來越黏，手和臉上的傷口也越來越疼。班和特拉維斯之前還在唱歌跟說話，現在也陷入沉默，感覺離我好遙遠，彷彿每個人都處在不同的世界裡，只是周圍的景色一樣。我希望能看到一些路標好知道現在的位置，以及還有多遠、還要爬過多少山坡，可惜什麼都沒有，只有無盡的帶刺灌木叢，讓黑暗中的馬路看起來更加陰暗、更加猙獰。

特拉維斯右轉進入另一條沒有名字的小巷，自行車鈴再次叮叮作響。就在我們跟著轉進去時，一聲巨響從空中傳來，一道閃電劈裂天空，瞬間宛如一頂黑色面紗罩在我們頭頂上，微弱的星月光線頓時消失。下一秒，一大滴冰涼的水落在我鼻尖上。

「我的老天爺啊！」班大喊，拉上他的連身帽，「下雨了！特拉維斯，下雨了！」

「我知道！」特拉維斯喊回去，加快腳下的速度，「跟、跟著我！」

我告訴自己的腿要比之前任何時候都更努力工作，然後大喊著要諾亞坐穩，隨即低下頭，繼續用力踩踏板。天空中彷彿有個巨人推開自家大門，將一桶又一桶的水不停的往外倒，傾盆大雨開始猛烈落下。

隨著我們的衣服越來越溼、越來越重，自行車也變得越來越難騎。原本乾燥明亮的道路成了一條滑溜溜的黑色小溪，不停落下的雨滴讓班和特拉維斯的車尾燈變得難以辨認。我們和突如其來的寒風對抗，臉和手指感覺比之前更加麻木、冰冷。我的腳踝痛得不得了，速度也明顯落後，更糟的是，我漸漸看不到特拉維斯或班在哪兒。就在我以為自己再也沒有力氣踩下踏板時，特拉維斯突然大喊，「到了！」接著用力彈撥車鈴，往右轉過去。

轉彎後的道路又寬敞又平坦，一個「歡迎來到牛津市」的大告示牌豎立在前方。我們從它旁邊呼嘯而過，很快便看到明亮的路燈，已經關門的商店招牌仍在發光，以及遠處一輛公車在對向馬路閃爍著橘燈和紅燈。

特拉維斯再度用力彈撥車鈴，跳下自行車，牽著它跑向一棟大建築物，那裡有臺階通向廊柱。一盞路燈照亮建築物旁邊的狹窄小巷，上面藍底白字的路標寫著「邏輯巷」。

「上去那裡！」特拉維斯指示著，他指著廊柱後面的一扇大木門，前面有一大片地磚淋不到雨。

我們狼狽的把自行車靠在牆上，跑上臺階，蜷縮著站在一起，瑟瑟發抖，看著大雨傾盆而下。

「我們要在這兒等多久？」班搓著雙手問，不停的呵氣。

特拉維斯聳聳肩，「直到雨停吧。」

班點點頭。

諾亞緊緊抓住我的腿，發出像小狗想要回家的聲音。

「可是……說不定雨會下好幾個小時。」我說，但其實心裡很希望我說錯了，雨馬上就會停。

「有可能。」特拉維斯輕聲說。一道銀色閃光劃過天空，他向後退了一步，靠著木門坐下。「可是我們沒辦法在這麼大的雨中騎、騎車，我們非、非等不可。」

看著泥濘的街道和濺落地面的豆大雨點，我心裡也明白，我們大概是沒辦法趕在截止時間前找到皇家星星獵人和他們的電腦了。即使雨停了，即使所有的星星都出來幫我們引路，我的腳踝還是痛得好像骨頭斷了一樣，而且時間也流逝得太快。我們的絕密任務失敗了，我辜負了媽媽的星星，而我對此無能為力。

第十四章 ★ 四個故事之夜

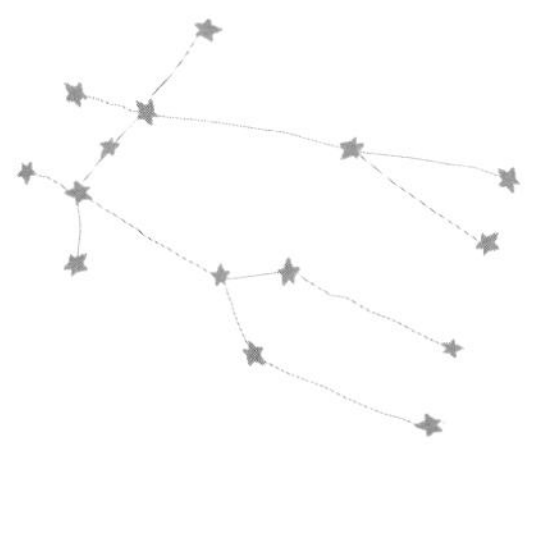

「看在老天的分上，這雨到底什麼時候才會停？」班無奈的問，從他的零食袋裡又抓了一把糖果。

他想分一些給我，但我搖了搖頭。我的喉嚨再度關閉，它不讓我吃任何東西，連顆軟糖都難以下嚥。

沒有人能回答班的問題，大家只是呆坐在地板上，凝視著外面。諾亞發出微微的鼾聲，他靠在我手臂上的腦袋開始慢慢往下滑。我將他的頭推回去，取下他的太空安全帽，挺胸坐直，以免他再滑下來。我低頭檢查他的長褲，下半部被雨淋溼了，不過幽靈服裝蓋住了他大半個身體，所以褲子中間的部分還是乾的。很好，因為這表示他還沒有尿褲子。

「那我們現在該怎麼辦？」班一邊問，一邊抓起第三把糖果。

特拉維斯把下巴靠在膝蓋上，直視前方，累到無法回答。

我張開嘴，但緊閉的喉嚨讓我說不出「我們必須繼續前進」。

特拉維斯從口袋裡掏出一個黑色物體，拿起來給我們看，那是伊烏江瓦太太的衛星導航機。所以這就是特拉維斯怎麼知道該騎哪條路，以及為什麼都沒停下來查看地圖的原因……

「我真不敢相信你居然拿了這個。」班笑著搖搖頭，「等伊太太發現它不見了，一定會氣得跳腳。」

特拉維斯聳聳肩，「我看到這個在廚房裡充、充電，覺得可能用得上。反正只是借、借用一下。」他打開電源，螢幕上出現一個眉毛濃密、咧著嘴笑的禿頭卡通人物向我們揮手，他頭頂閃過一行字：「迪納摩・多姆——

陪你走過路上的每一步」。幾秒之後，人像消失，螢幕上出現一條寬寬的藍線，周圍還有好幾條細細的灰線，正中央有一個看起來像紙飛機的白色箭頭，指著我們目前的所在位置，旁邊的小字寫著「考試學校」。

我轉頭看著身後那扇巨大的門。我不知道居然有學校一天到晚都在考試！我提醒自己以後千萬不要去上那種學校。

特拉維斯指著螢幕下方的數字。我看到一側寫著「1小時38分鐘」，另一側寫著「82公里」時，心臟興奮的猛跳，但是聽到特拉維斯說：「那是開車的時間，我們騎自行車需要的時間是兩倍以上。」我的心又沉了下來。

我盯著那個小螢幕，班則是點點頭。

「對、對不起，阿妮亞，」特拉維斯說，「我覺得我們不可能及時趕到……」

我重重點頭，生氣的咬了咬舌頭。如果我昨天一知道自己必須做什麼時就一個人直接離開，說不定可以及時找到星星獵人的！

「伊太太會把我們都殺了。」班說著，用牙齒咬扯著草莓軟糖，「但在她那麼做之前，我會提醒她，在她還是我們當中的一員時，也逃過許多次。」

我看著班，心裡既驚訝又困惑。因為太過驚訝，我的聲音反而回來了，我聽到自己的聲音問：「什麼意思？她以前也曾經是寄養兒童嗎？」

「對，而且她以前也非常不聽話。」班說，身體前傾，好更清楚的看到我，「她以前常常逃家，因為她討厭每個人，可是後來她遇到一個非常好的寄養媽媽，所以決定長大之後要成為那樣的人。這就是為什麼她對我們這麼好的原因。」

「但是……她為什麼會變成寄養兒童？」我問，心想她怎麼從沒告訴我和諾亞，她曾經跟我們一樣。

「她媽媽病得很重，無法照顧她，沒有人想要她。」班繼續說，「她被送走，成為寄養兒童。後來她媽媽去世了，她想要被收養卻沒辦法，因為那時她年紀太大，所以只好一直逃家。」

「她年紀太大？」我皺著眉頭問。

「對啊，」班說，「只有年紀小的寄養兒童才會被收養。如果是嬰兒，肯定會被收養，可一旦長大成為青少年，就沒人想要你了，因為你有荷爾蒙、青春痘和其他各種麻煩，而且你也長得太高了。這就是為什麼我和特拉維斯想讓伊太太收養我們——我們已經年紀太大又太高了，這有點像是我們最後的機會。」

我望向特拉維斯。他睜大眼睛向我點了點頭，彷彿希望能改變自己的身高似的。

「伊太太想要自己的孩子，也想要幫助寄養兒童。」班補充道，又塞了一個草莓軟糖進嘴裡，「在她和伊烏江瓦先生結婚後，」他重重的吞了口口水，「他們生不出孩子，後來伊先生得了癌症過世，所以她就成為一個寄養媽媽。」

「喔。」我低聲回應，不知道還能說什麼。現在我明白為什麼伊烏江瓦太太總是在微笑，而且從來沒有因為諾亞尿床或尖叫、哭泣而責備他。我也比之前更加擔心，如果伊烏江瓦太太不相信逃到倫敦是我一個人的主意，決定讓特拉維斯和班永遠當寄養兒童的話，那該怎麼辦？如果因為我讓他們一起去找媽媽的星星，導致他們失去被收養的最後機會，那該怎麼辦？我感到喉嚨後方有個非常大而真實的硬塊開始膨脹。

「不過你和諾、諾亞不用擔心，」特拉維斯說，「諾亞還小，而大、大家喜歡讓兄弟姊妹一起被收養。」

「為什麼伊烏江瓦太太還沒收養你們？」我問，「你們兩個可比蘇菲好太多了！她應該收養你們，不該收養她的。」

特拉維斯搖搖頭，班開口說：「狀況不一樣。蘇菲從六歲就跟著伊太太了，而我和特拉維斯是去年才來的。特拉維斯先來，我晚他兩個星期左右，到現在我們和伊太太相處的時間，還不夠久到讓她想收養我們。」

「沒錯。」特拉維斯盯著自己的膝蓋，表示同意。

我們沉默了好一會兒，然後我問了從抵達伊烏江瓦太太家的第一晚就一直想問的問題，「你們兩個為什麼也會成為寄養兒童？你們的爸媽也不見了嗎？」

特拉維斯和班默默的看著對方，彷彿在詢問彼此是否該告訴我。他們肯定達成了共識，因為班回頭看著我說：「因為我爸媽不能再照顧我和我姊姊，所以我才成為寄養兒童。」

「喔……」我點點頭，儘管我的嘴巴因為驚訝想張大，眼睛想更用力的盯著他看，可我還是努力維持表情不變。班居然有姊姊，而且還有爸爸媽媽！

班低下頭，對著連身帽說話，彷彿提問的是帽子而不是我，「爸爸以前是快遞員，有自己的貨車，還有其他設備。只要他心情好就會帶我們去看足球賽，這就是他送我的，」他說，摸了摸連身帽棉衫，「我們是紐卡索聯足球俱樂部的球迷。那是他老家的球隊。」

我又點了點頭。我也有一件最喜歡的針織衫，那是在迪士尼樂園時爸媽買給我的，上面印的是《獅子王》，不過是真的獅子照片，而不是動畫圖像，最特別的是獅子的眼睛布滿了金色亮粉。如果衣服還在身邊，我也會天天穿。

「後來爸爸失去工作，公司也倒閉了，他非常難過。」班繼續說，他吸了吸鼻子，就好像在流鼻涕似的。「從那時起，他開始流連酒吧。他在家時，會對我們三個大吼大叫，還會打媽媽……然後有一天，媽媽叫他走開，永遠不要再回來，他發了瘋似的打傷我們三個，情況非常嚴重，於是我和姊姊被政府機關帶走，陸續安置在好幾個不同的寄養家庭，和不同的寄養父母一起生活。大多數的寄養家庭我們都不喜歡，只能一直逃跑。後來我們來到伊太太家，我很喜歡，所以我就留下了……」

「那麼你姊姊呢？」我問，希望她住的地方離伊烏江瓦太太家不會太遠。

「她不喜歡住在寄養家庭，」班說，更大聲的吸了吸鼻子，「所以她又跑了。不過她現在十八歲了，可以獨立生活。她搬去威爾斯，她……她不喜歡看到我，因為會讓她想起不好的回憶。這點倒是真的。」班始終低著頭，視線沒有離開過連身帽。

「喔。」我回應，心裡很想知道班的親生媽媽在哪裡，現在是否還活著，但我知道他不希望我再多問，所以選擇保持沉默。

我等著特拉維斯也說些什麼，他越過諾亞的頭看著我，張開嘴，然後看向班說：「班，還是你來說吧！」

班輕點了下頭，說：「特拉維斯的媽媽在他七歲時去世。她生病了，死的時候只有他一個人陪在她身邊。他的爸爸在他還是個嬰兒時就離開了，所以相關人員便讓他和他姑姑住了一段時間，但是她對他不太好，後來他們把他帶走，從那之後他就一直住在寄養家庭。」班聳了聳肩，彷彿他所說的一切再正常不過了。

我抬頭看著特拉維斯，卻無法看到他的眼睛。他的頭髮垂下來蓋在臉上，他看著自己的膝蓋，用手指彈著膝蓋上某種我看不見的東西。現在我知道特拉維斯為什麼會問當媽媽的心臟離開身體變成星星時，會發出什麼樣的聲音。

「他不喜歡談這些事，」班說，「醫生說這是導致他說話結巴的原因——都是因為他姑姑。」

我皺了皺眉，不明白為什麼有人可以導致別人說話結巴。以前諾亞有時說話也會結巴，但通常發生在他闖禍後太過害怕，不敢告訴爸媽的時候。事情過後，他就會馬上恢復正常。

「他姑姑造成他說話結巴？」我問。

「是啊……你知道的……讓他害怕得說不出話來。有時候蘇菲特別刻薄時，他結巴也會更嚴重。」班回答。

特拉維斯大聲吸了吸鼻子，就像班剛才一樣。

「為什麼蘇菲對每個人都這麼壞？」我問，想到我的義大利麵碗和她充滿惡意的目光，還有我的盒墜項鍊。一想到她讓特拉維斯說話更結巴，我就更討厭她了。我從沒見過像她那麼刻薄的人。

「因、因為她怕我們也被收養。」特拉維斯小聲的說。

班點點頭，「她以前和我們一樣都是寄養兒童，後來伊太太很愛她，並收養了她，但蘇菲不想讓伊太太愛或收養其他孩子。我猜她怕伊太太會更愛其他孩子，或是變得比較不關心她。她總是對每個人很壞，好讓他們自動離開——儘管她很清楚沒有真正的家是什麼感覺。她爸爸在她很小的時候就過世了，她媽媽不想要她，所以將她送養。她待過其他幾個寄養家庭，也和好幾個寄養父母相處過，直到伊太太在她六歲時領養她，之後她再也沒有離開過。她真的超級幸運的。」

「沒錯。」特拉維斯說。他將頭髮撥開，我們總算能再度看到他的臉，他的眼睛看起來格外閃亮。

我靜靜坐著，回想剛剛聽到的一切。我以前從未聽過媽媽會把孩子送養，或者某人太壞造成另一個人說話結巴，甚至是爸爸嚴重傷害媽媽，導致妻離子散。這一切似乎都太可怕，也太不公平了。

我把頭輕輕的靠在諾亞的頭上，心想不知道爸爸在哪裡，為什麼他還沒來找我們？他總喜歡說他是一個重視家庭的男人，所以我知道他不會喜歡我們不再是一家人。在那間不是旅館的旅館裡，媽媽說我們必須躲爸爸很長一段時間，但現在她離開了，我相信我們不用再躲他，一旦他找到我們，我會請他幫忙讓班和特拉維斯儘快被收養，這樣他們就不用再擔心了。

我的思緒被一輛停在前方的紅色大巴士打斷，巴士將雨水噴濺到臺階上，嚇我們一跳，我們幾個下意識的將腿往內縮，緊緊的抱在胸前。巴士上燈火通明，裡面坐了不少人，好幾個人睡到頭都靠在車窗上。巴士的雙扇門發出嘶嘶聲後打開，一個人用大衣遮擋在頭上，跳下車，沿著邏輯巷往前跑。

當車門關上，開始駛離時，特拉維斯坐直身子。

「你們看！」他興奮的指著巴士車尾。

我身體往前傾，趕在巴士開走前快速瀏覽斜貼在車尾的廣告，上面以大大的白色字體寫著：

牛津快捷巴士
每天二十四小時
每十分鐘一班
牛津至倫敦
來回各八英鎊

「就是這個！」班放聲大喊，往特拉維斯的手臂上重重打了一拳，「我們改搭長途巴士去倫敦吧！」

我坐起來，興奮到忘了諾亞的頭還靠在我身上，他的腦袋從我背後往下滑，我伸手扶住他的頭，再次推回我肩膀上。

「可以嗎？」我問。如果我們現在就搭長途巴士，還是有機會在午夜前趕到倫敦。「我們有足夠的錢買票嗎？」

特拉維斯點點頭，「有，應該有，我和班將我、我們所有的錢都帶出來了。可、可是我們得等到早上，那時巴士上會有更多乘客，司、司機看到我們才不會報警。」

「沒錯。」班附和道，晃了晃他的包包，讓裡面的硬幣叮噹作響。「而且搭巴士比騎自行車安全多了，更別說伊太太可能已經報警，我們現在說不定是通緝犯了。此外，我們也不用擔心會被愚蠢的汽車撞到。」他補充。

「但是……比賽今晚就結束了，等到明天早上就太遲了。」我提醒他們，「等天亮後，星星獵人就不會在天文臺了。他們只在星星出來的夜晚工作，記得嗎？如果他們不在，我們要跟誰談媽媽的星星？現在去不是更好嗎？」

特拉維斯搖了搖頭，「現在這個時間去搭車，對小孩來說太、太晚了，即使是萬聖節，像我們這種年齡的孩子也不會這麼晚還不回家。但如果我們早上才去的話，」他越說越興奮，「還是能及時趕上晚宴。記得嗎？電腦將在今天午夜隨機選出名字，但直到明天的晚宴之前，沒有人知道它選了什麼。」

我低頭看著諾亞，認真思考。班和特拉維斯說得對，網站上寫著到明天的晚宴才會公布媽媽的星星叫什麼名字……換句話說，我們還有一整個白天可以去找星星獵人，確保他們會用媽媽真正的名字來為她的星星命名，而不是用電腦選擇的假名字。我知道媽媽不會想被叫錯名字，而我也知道她不會介意我花多一點時間去解決所有問題。只要伊烏江瓦太太和警察在那之前沒有抓住我們，我們就還有機會。

「好，」我說，克制自己想衝入雨中追上巴士的欲望。「天一亮我們就出發！」

「先睡、睡一覺吧！」特拉維斯說完，把骷髏服的連身帽拉過頭頂。

班點點頭，低聲說：「伊太太一定會殺了我們……」他用披風裹住身體，又將達斯．維達的面具戴在臉上，免得被雨淋到。

在我旁邊的諾亞再次嘆息一聲，將頭轉了個方向，靠上特拉維斯的手臂。

我也想睡一會兒，因為我的眼睛似乎就跟我的腳踝一樣腫脹、疼痛，感覺十分怪異。但每次閉上眼睛，我就會想起伊烏江瓦太太、班、特拉維斯和蘇菲的故事，不禁想著世界上到底有多少寄養兒童、寄養父母和寄養家庭，而為什麼在我不得不成為其中之一前，從未聽說過這種事？

於是我只能繼續睜著眼睛，望著濺在我面前臺階上的雨水，直到彷彿有人把棉花塞進我的耳朵，外頭的聲音變得遙遠而模糊，雨滴聲也漸漸消失後，我的眼皮很快變得沉重，無法睜開，不知不覺間，我屈服了，只覺得自己被吸入一個巨大的睡眠黑洞。

第十五章 ★ 異常又可疑

「喂，你們在這裡做什麼？」

我吃力的睜開眼睛，看到一個奇怪的男人正低頭看我。他有一大把濃密的白鬍子，以及看起來更加濃密的眉毛，身上穿著亮黃色長褲、顏色和爸爸的螢光筆一樣的夾克，手裡撐著一根像拐杖一樣的大木刷，正瞪著我看。

我眨了眨眼，試著喚醒自己的大腦，因為在這一瞬間，我完全想不起來自己在哪兒，也不確定自己是不是還在做夢。我坐了起來，看到諾亞的太空安全帽從我的膝蓋上滾下來，鏗鏘一聲落在地磚上。突然間，我想起來了，我們在牛津。我們必須搭上長途巴士，在今晚的晚宴開始前趕到倫敦！

「我說，你們在這裡做什麼？萬聖節已經過了，怎麼回事？這個小傢伙在這裡做什麼，嗯？」

特拉維斯一躍而起，迅速抓起他的包包，用腳踢了踢班，把他叫醒。

「對、對不起，先生，」當我把諾亞搖醒時，特拉維斯開口說，「我、我們出去要糖、糖果，回家時迷、迷路了，我們是來找、找……」

「我們的……呃，外公外婆。」班在達斯．維達的面具下說。

我把諾亞拉起來，趕緊跟著點頭。然而現在諾亞醒了，他開始哭起來。他太累了，不知道發生什麼事，他想要媽媽。

「別擔心，諾亞，我們現在就回外婆家。」我說，抓起他的手和我的背包，站了起來。我的腳踝感覺比昨晚更腫、更痛，我努力眨眼，想轉移注意力以減輕疼痛，盡可能加快速度一瘸一拐的走下臺階。

那個男人皺眉看著我們牽起自行車，快步走向馬路。我不知道我們的方向對不對，不過那無關緊要，我們必須儘快離開那個男人，移動到他看不見的地方。我轉過頭，看到他仍然盯著我們，一邊搖頭，一邊疑惑的抓了抓頭髮。我向他揮手，試著微笑。他盯著我看，臉上擠出很多皺紋，最後總算轉身去刷我們剛睡過的地磚。

諾亞開始大哭，他緊緊抓著我的腿，我幾乎無法動彈。

「諾亞，噓！我們要去幫媽媽的星星取正確的名字，記得嗎？我們在冒險啊！」

「來，」特拉維斯說著，把諾亞抱起來放在他的自行車坐墊上，「抓住把手，諾亞。」他發出指令。

諾亞立刻停止哭泣，緊緊抓住把手，看起來很興奮。

「想吃點東西嗎，諾亞？」班問，從連身帽裡拿出一包洋芋片。

諾亞擦乾眼淚，開心的伸手抓了一把，將洋芋片塞進嘴裡後，他開始哼著不成調的曲子，表示他心情很好。

「你從哪兒弄、弄來的？」特拉維斯皺著眉頭問。

「我不知道，」班聳了聳肩，「在我的運動包包裡找到的。我零食袋裡的東西都吃光了，有人想分享自己的——」

「等一下！阿妮亞，你的腳、腳怎麼了？」特拉維斯一問出口，所有人都停下腳步。

「沒事。」我撒謊，試圖把受傷的那隻腳完全放在地上，可是實在太疼了，我立刻縮起來，只剩腳尖碰到地面。

「哇！」班彎下腰去看，「阿妮亞，你的腳看起來像長了一顆李子！」

我低下頭，動了動腿，好讓自己可以看到腳踝。班說得沒錯，在我睡覺時腳踝已經腫脹成一顆可怕的水球，而且還是奇怪的藍紫色——看起來確實像顆李子。

「你受傷了，」特拉維斯的眉頭皺得很緊，「我們得去、去醫院！」

「不用！」雖然我一點都沒有要大喊大叫的意思，卻還是忍不住喊出聲，「拜託，我沒事，我只需要……」我根本不知道要做什麼才能消除疼痛，於是我說：「我只需要像這樣走路就好。」我牽著自行車從他身邊走過，受傷的那條腿踮起腳尖，沒受傷的腿則是正常行走。

「看吧，其實沒那麼疼，只是看起來很嚴重，沒事的。」

「你確定嗎？」班問，看上去一點也不確定。

「我保證。」我努力擠出看起來很真誠的笑容，「沒事的，拜託，我們趕快走吧！」

班和特拉維斯點點頭，跟在我後面繼續走。我踮著腳尖走了一分半鐘，路邊的商店和咖啡館都還沒有開始營業。我在十字路口停了下來，我們面前的小教堂上方有個大時鐘，告訴我們現在已經七點四十五分了。換句話說，我們必須在十一個多小時內抵達倫敦，找到星星獵人，阻止比賽。

「特拉維斯，我們走對路了嗎？」

「喔，」特拉維斯拿出口袋裡的衛星導航機，停下來，指了指上方，

「對，我們走在正確的路上。」

我們頭上有一根黑色長桿，上面有幾個指往不同方向的白色箭頭標示，其中一個指向正前方，寫著「長途巴士站四百五十公尺」。

我們牽著自行車經過更多的商店和餐廳，逐漸聽到機器、人和汽車所發出的各種聲響。原本空蕩蕩的街道開始擠滿汽車，離長途巴士站越近，看到的人也越多。

「為什麼大家都盯著我們看？」班小聲的問我。我們正走進一個大廣場，那裡有很多人正在擺設攤位。

我左右張望。班說得沒錯，不管我們走到哪裡，大人們都皺著眉頭，一臉懷疑的看著我們。

我聳了聳肩，但接著我看到一個搬著一箱書的女人停下腳步，瞪著班和特拉維斯。

原來如此！

「因為我們的服裝。」我低聲說，意識到在萬聖節過後，看到一隻老虎、一具骷髏、一個達斯・維達和一個頭上頂著金屬濾盆的小鬼走在街上是多麼引人注目的怪事。

「喔，沒錯。」班摘下他的達斯・維達面具，塞進包包裡。

我和特拉維斯互看對方一眼，臉上帶著明顯的擔憂，因為我們沒有可以替換的衣服。

「不要！」諾亞大喊，在我試圖從他的頭上取下金屬濾盆並拉下幽靈服裝時，把我的手推開。

「看，那邊有廁所，」班指著一個金屬標示牌說，「我要上廁所。不如大家都去梳洗一下，把自己收拾乾淨吧！」

我點點頭，將自行車靠在商店外牆上。班和特拉維斯匆匆走進男廁。

「我也要去！」諾亞發出抗議，把我的手從他的手臂上推開。

「不行，諾亞，你不能去那裡，那是大男孩的廁所。」

「我不管！我要去！」他掙脫了我，也跟著衝進男廁。這是媽媽離開後，他第一次從我身邊跑開，我很擔心，可是也很欣慰，至少有兩個大哥哥可以照顧他。

我的視線一直飄往男廁入口，同時還要假裝自己沒有一直盯著瞧，就這樣過了好幾分鐘，特拉維斯和班終於出來了，諾亞跟在他們身後蹦蹦跳跳的。他的太空安全帽還戴在頭上，但幽靈服裝已經脫掉了，臉上則到處都是巧克力汙漬。

「謝謝你們。」我說，接過特拉維斯遞過來的幽靈服裝，收進背包裡。

「我……我也要上廁所。」

特拉維斯點點頭，牽過我的自行車，讓我進去洗洗臉和手。一看到鏡子，我嚇了一大跳，因為我完全忘記自己臉上和手上的傷。過了一晚，傷口已經結痂，我看起來就像一隻剛打過架的老虎。我將傷口洗淨，並用冷水抹了抹腳踝，因為感覺扭傷的地方在發燙，我希望冷水能稍微讓它降溫。腫脹處的顏色變得更深了，但我不想讓特拉維斯和班因此阻止我去倫敦，所以我拉下老虎裝的褲管來遮擋。

從廁所出來之後，感覺大腦清醒多了。我加入特拉維斯和班，把自行車牽到了長途巴士站。

「哇！」我發出驚呼，看著那排閃閃發亮的紅色、橙色、綠色和紫色的巴士，像機場裡的飛機一樣斜停成整齊的一列。

「我們得搭那輛紅、紅色的。」特拉維斯指著一輛大型的雙層牛津快捷巴士，前擋風玻璃上有路線顯示牌，閃爍的橘色字體寫著「倫敦維多利亞車站」，看得我的心也彷彿閃爍了起來。

「我們要怎麼上車？」班緊張的左右張望，「你覺得我們真的有足夠的錢買四個人的車票嗎？」

特拉維斯點點頭，「我有大約二十三英鎊。如果每張車票是八英鎊，我們就需要……」他又像展開折扇一般迅速的伸出手指，但他還沒來得及開口，我就喊出，「三十二英鎊！」雖然我還不是人類計算員，但昨晚看到巴士廣告後，我就已經算出需要多少錢。特拉維斯露出一臉很佩服我的表情。

「對，三十二英鎊。你那裡有多少錢？」他看著班問。

「七英鎊二十三便士。」班回答。

「什麼？」特拉維斯看起來很震驚，「伊太太星期三才給過你零用錢，我還以為你都沒花呢！」

「我買了一些貼紙，還吃了一個薯條麵包。」班蹙著眉頭解釋，「我那時不知道會需要用來買車票啊！可惜我的提款卡在伊太太那兒。」

特拉維斯搖搖頭。一對老夫婦手牽著手走過，看起來像兩隻快樂的企鵝，經過時還對我們微笑。一開始他們的笑容還很愉悅，但在看到我的臉和稍微沾了泥巴的馬尾時，笑容很快變成皺眉。

「走吧！」特拉維斯說，他望向那對回頭看我們一眼，隨即竊竊私語的老夫婦，「我們必須趕快行動！」

我們要搭的巴士停在長長的車隊後方，我們走到那兒，發現上車的站牌後方有根大大的柱子。我們將自行車和安全帽靠在柱子上，觀察眼前的一切。

我和諾亞從沒來過長途巴士站，只有在校外教學時搭過巴士，除此之外，不管去哪兒都是爸媽開車接送我們。搭乘長途巴士讓人很興奮，彷彿置身機場，只不過少了登機門和行李傳送帶，而且都在戶外進行。長途巴士司機看起來和飛行員很像，他們全穿著白襯衫，以及和他們駕駛的巴士顏色一致的夾克，不過和飛行員不同的是，他們會大聲呼喊，還會幫乘客提行李。

「如果沒有足夠的錢買車票，我們要怎麼上車？」我問，希望班會有答案，畢竟之前他有多次逃家的經驗。

然而，他只是聳了聳肩。

「我從沒搭過長途巴士。」他回答，「我搭過一次火車，但是……」

特拉維斯咧嘴一笑，「但是他後來太害、害怕了，最後只搭兩、兩站就下車了。」

「沒錯，真的非常可怕！」班以一種期待我相信的表情看著我，「我那時才八歲，而且又是自己一個人。」

我點點頭，因為我知道如果是我也會害怕。嘗試永遠逃離，比只打算逃家一晚要來得可怕多了。

我又看了長途巴士司機好一會兒，想著該怎麼辦。然後我的大腦慢慢的開始注意到一個模式——我們前面的司機這麼做，左邊綠色長途巴士的司機這麼做，右邊紫色長途巴士的司機也這麼做……

他們全都遵循同樣的模式！突然間，我找到了剛才問題的答案——即使沒錢也能搭上巴士的辦法！

我戳了戳特拉維斯和班的手臂，看看他們是否也發現了這個模式，但他們只是「喔」一聲，皺眉看著我。

「你們看，」我拉著特拉維斯的袖子說，「那個司機在做什麼？」

「哪一個？」特拉維斯和班同時問。

諾亞身體前傾，將太空安全帽推到後面，好讓自己也能看見。

「那個。」我指著前方我們要搭的牛津快捷巴士，「看到沒？他檢查過車票後，就叫有大型行李的人站過去那裡，讓沒有帶行李的人先上車。」

「對，所以呢？」班問。

「看！」我們等在一旁，看司機收走所有人的車票，然後走到大巴士旁那些帶著大型行李的人等候的地方，然後又一一檢查他們的車票，才將行李放入巴士下方的隔間。

「看懂了嗎？」我問，興奮得連雙腿都在顫抖，幸好諾亞的手臂抱著我其中一條腿。

「沒有。」班回答。

我翻了個白眼，「仔細看！」我說，再度指向巴士，「看看前後車門，一直都開著！」我等不及他們自己猜出答案，「他去檢查帶大型行李的人的車票時，車門一直開著。換句話說……」

「我們可以……可以從前、前車門上去。」特拉維斯接著說完。

我點點頭，諾亞拉拉我的袖子，揉了揉眼睛。他又開始覺得累了。

「再一會兒就好，諾亞，我保證。」我說，輕輕拍了下諾亞的手臂。

他點點頭，跳了一下。我們前方的巴士司機「砰！」一聲用力關上行李隔間的拉門，上車走回駕駛座，讓有行李的人也上了車。接著巴士抖了兩下，發出一聲怒吼，朝著我們臉上噴出一大團黑煙，揚長而去。

「好大的一個屁啊！」諾亞說，看起來印象深刻的樣子。

「是啊，如果你保證不哭，而且乖乖聽我的話，我們就會聽到更大的屁聲，好嗎？」我說。

諾亞拚命點頭，看起來很像班的搖頭娃娃。

「看，下一班車進站了。」班說。

另一輛亮紅色的牛津快捷巴士發出嗶嗶聲，倒車燈不停閃爍，往後駛入剛剛離開的那輛巴士所留下的停車位。

「等一下……」特拉維斯皺著眉，半轉過頭看向身後某處，「我們的自、自行車怎麼辦？」

「啊？」班看起來有點驚慌，在看到特拉維斯眼中暗示的答案時，他發出呻吟，「喔，老兄，我們不能把自行車留在這裡，會被偷走的，也可能會被警察收走。」

我們全都看向自行車，彷彿那是我們捨不得留下的寵物。

「我們只能這麼做。」特拉維斯輕聲說。

幾秒鐘後，班搖了搖頭，哀傷的拍拍自行車的坐墊，「這太糟糕了，兄弟。」他抬起頭看著我和特拉維斯，補充道，「如果我們真的回家了，我會告訴警察我自願去坐牢，因為伊太太絕對會殺了我們。」

特拉維斯也很快的在他的自行車上拍了兩下，然後幫班將他的自行車靠上去，最後是伊烏江瓦太太的車。

這種感覺很糟，但即使我絞盡腦汁也想不出任何辦法，我心裡很清楚我們不能帶自行車上巴士，而且因為腳踝受傷，我們也不能騎車去倫敦。我向自己保證，等我們回去，我會省下這輩子的零用錢來買全宇宙最好的自行車給特拉維斯和班，另外還要買一輛配置更大藤籃的自行車給伊烏江瓦太太。

「諾亞，你必須跟在我身邊，而且動作要快，這樣我們才能找到媽媽，懂了嗎？」我低聲說。我們在大柱子旁等著，準備在司機轉身時跑向巴士。我緊緊握住諾亞的手，看著一群人開始排隊，等著上我們要搭的那輛巴士。

「懂了！」諾亞回答，挺起胸膛，將臉擠得像一顆壓扁的檸檬——我知道那是他「準備好了」的表情。他把太空安全帽拉得更緊，全神貫注的等待。

我們看見一大群人開始擠向巴士的前車門，另外有些人像是被魚群排擠的魚似的，走回來站在成堆的行李旁。

「準備好了嗎？」特拉維斯低聲問。他站直身體，彷彿長得更高了。

班吞了吞口水，點點頭。

最後，女司機終於下了巴士，走到巴士側邊壓下按鈕，行李隔間的門發出嘶嘶聲，緩緩打開。女司機瞬間被拿著行李的人給包圍，她開始接過行李，一一放入隔間。

我等著特拉維斯或班給我行動的訊號，但他們一動也不動。接著，在我來得及問他們原因前，司機已經關上車門，回到駕駛座上。

「下一輛我們就上！」班保證道。

我們只能眼睜睜看著巴士開走，等待另一輛開過來取代它的位置。然而，我們沒有上那班車，甚至沒有上再下一班車，因為每班車的司機似乎都比上一班的更強壯、更可怕，感覺我們的腿好像永遠都不夠快，無法趁那一點點空檔跑上車。

「這次一定要上！」當第四輛巴士停在我們面前時，班再次開口保證。

我們又一次看著司機收走每個人的車票，然後開始裝載行李。

「就是現在！」我低聲說，因為我看到特拉維斯和班還在等，而我覺得他們已經等太久了。我離開大柱子，以最快的速度半跑半跳的從巴士沒人的那一側繞過前擋風玻璃，在黃色的大車牌前停下，示意諾亞也別動，我從邊緣探頭偷看。司機還在忙著處理行李，根本沒有看到我們。

「快！」我背靠著巴士，低聲催促，接著轉過拐角，將諾亞拉上階梯。我們上車了！

坐在巴士前排的兩個人看向我和諾亞，不過很快便移開視線。我們快步經過他們旁邊，走向通往上層的樓梯。我抓住老虎尾巴，跳上臺階，直到抵達上層車廂。我想回頭看看班和特拉維斯是否跟上，但我太緊張了，身體不讓我放慢速度。

我看到後面有三排座位是空的，便急忙走過去。我讓諾亞坐到靠窗的位子，幫他繫好安全帶，告訴他我們又在玩捉迷藏，就像我們和媽媽在一起時一樣。「所以你必須一直低著頭，懂嗎？」我說，「像這樣。」我坐下，示範如何低頭給他看，要他擺出睡覺的樣子。

我等著班和特拉維斯出現，好向他們揮手，告訴他們我們在哪裡。但先出現的是一個成年男子，然後是一個女人，接著是另外三個男人，再來是一個女孩和她的祖母，然後……就沒人了。

突然一聲巨響傳來——巴士的側門被關上了！

我再次看向樓梯，交叉著手指和腳趾祈求上天，但仍然沒有看到班或特拉維斯的身影。

接著，就像一個打鼾的怪物被吵醒一樣，巴士在我們的座位下抖了一下，彷彿有了生命。感覺到巴士開始倒車，讓我覺得自己的胃裡似乎捲起颶風。班和特拉維斯會被巴士輾過去嗎？他們是不是還躲在柱子後面？萬一他們正要上車時被警察抓到的話該怎麼辦？

打開擴音器的喀噠聲在四周回響，一個女人的聲音傳了出來，「各位先生女士，歡迎搭乘九點二十分的牛津快捷巴士，我們會停靠倫敦維多利亞車站前的所有站點。請確認您的行李安全放置在分配的存放設施中，如果發現任何異常或可疑物品，請通知司機。」

諾亞抬頭看我，他的太空安全帽隨著巴士激烈搖晃。我知道他開始害怕了，同時也想知道班和特拉維斯到底在哪裡，可是我把手指放在嘴脣上，警告他保持安靜，因為我們兩個現在看起來既異常又可疑。

巴士猛然轉彎，向前疾駛，我緊緊抓住座位和諾亞的手。我們終於在前往倫敦的路上了……可是特拉維斯和班卻不見了。即使還有諾亞在身邊，我也從未感到如此孤獨而恐懼。

第十六章★新聞快訊！

巴士離開車站後，我開始環顧四周，思考下一步該怎麼做。我想跑到後車窗瞧瞧能不能看到特拉維斯和班在哪兒，可是現在有兩個男人坐在那裡，我可不能讓自己顯得更異常而可疑，畢竟我穿著老虎裝，而我身邊的小男孩頭上還戴著金屬濾盆。

那個小女孩和她的祖母坐在我和諾亞前面的位子上，我敢肯定她們在坐下前一定用奇怪的眼神打量過我們。說不定她們已經知道我們沒有車票，而且是非法嫌犯。

隨著巴士越開越快，車窗外的馬路也越來越寬，我絞盡腦汁思考接下來該怎麼做，但我想得越認真，大腦越是一片空白，彷彿有人切斷電源，拔掉插頭，讓它無法再工作。

「妮亞，我餓了。」諾亞拉著我的手臂哀叫，「班在哪裡？他能再給我們一些洋芋片嗎？」

「我們和班約在倫敦碰面。」我撒謊，不知道還能怎麼說。

「可是我現在餓了。」諾亞抱怨，小臉開始漲紅。

「噓！」

「不要！」諾亞大喊，他的嘴脣在顫抖，「班……呃！在哪兒？我……呃！想要班。」他開始打嗝。

「給你。」一個聲音從前面的座位傳來，一隻手臂突然從兩個座位之間的縫隙伸過來，手中拿著一個亮藍色的小袋子，「如果你想要的話，這個給你。」

諾亞頓時安靜下來，他仍在打嗝，眼睛卻直直盯著出現在面前的巧克力蝴蝶餅。接著他點了點頭，飛快的伸手去抓，然後等我打開包裝給他吃。

「謝謝你。」我傾身靠近座椅縫隙說，看到一隻明亮的綠灰色眼睛正盯著我。

「不客氣。」眼睛的主人說，一坨閃亮的黃色頭髮在我前面的座位彈跳了下，然後眼睛便消失了。

「好孩子。」一個輕柔的聲音從小女孩旁邊的椅子傳出，那語氣聽起來跟我做了某件讓媽媽開心的事，她在我耳邊稱讚我時一模一樣。我很想從座位上站起來看看說話的人，但是我沒有這麼做，因為我心裡很清楚那不是媽媽。

我耐著性子讓諾亞吃了蝴蝶餅，同時想想接下來的計畫。我的肚子在聞到巧克力的味道後咕嚕作響，但在得知班和特拉維斯的現況前，我不會吃任何東西。剛剛我應該回頭看看他們有沒有跟在後面，我不應該在沒有他們的狀況下上巴士的。我們會走散都是我的錯，而我卻不知道該如何解決這個問題，也不知道到倫敦後我和諾亞該怎麼做。

我沒有地圖，沒有衛星導航機，沒有食物，也沒有錢，但這些問題似乎都不如班和特拉維斯沒有陪在我們身邊來得重要。從來沒有人像他們這樣幫過我，即使知道這會讓他們惹上麻煩，他們還是義無反顧的和我一起行動，我不想在他們不在的時候去找皇家星星獵人。我閉上眼睛向媽媽的星星許願，拜託，拜託，請幫我再一次找到他們。

「下一站是桑希爾停車轉乘站。要前往桑希爾停車轉乘站的旅客，請在這裡下車。」巴士左轉進入一個大型停車場中央時，響亮的女人聲音從喇叭裡傳出。

我在想是不是應該下車，在停車場等班和特拉維斯，說不定他們已經上了下一班車，希望我們在這兒等他們。但是如果他們沒有呢？我們應該等多久？如果我和諾亞之後上不了另一輛巴士該怎麼辦？這裡可不是長途巴士站，我不認為同一個混水摸魚的方法還能奏效。

我還在想該怎麼辦，巴士已經再度駛離，諾亞將鼻子貼在車窗玻璃上，興奮的大喊，「耶！」

當巴士在寬闊的高速公路上顛簸時，諾亞終於安靜下來，睡著了。我很開心，因為這表示我可以好好思考，不必分心照顧他。我摘下他的太空安全帽，從背包裡拿出導覽紀念手冊，翻到後面的地圖。如果我能在什麼地方遇到他們就好了……

等等，這就是了！他們知道我必須在晚上七點前抵達盛大的克羅諾斯晚宴現場，以確保星星獵人為媽媽的星星正確的命名！所以他們一定也會試著去那裡，甚至可能比我們還早到達，因為他們有衛星導航幫忙指路，而我沒有。

想通之後，我感覺好多了，我把導覽紀念手冊收起來，看著巴士下方一閃而過的馬路和汽車。沒多久，巴士速度開始變慢，直到最後完全不動。

「真是太好了，」一個聲音在我後面的座位喃喃自語，「又塞車了！不知道這次會塞多久。」

巴士似乎很久都沒有移動。

我緊閉上眼睛，祈禱車流儘快恢復通暢，讓我們可以早點到達倫敦。我還不知道該怎麼去皇家天文臺……也不知道星星獵人到底會在哪裡……還有很多事情要告訴他們……以及……以及……

★★★

「妮亞……妮亞！醒一醒！快醒一醒！」

我睜開眼睛，很快的揉了揉。諾亞拉著我的手臂，車上的每個人都站了起來，像蜜蜂般聚集在樓梯口。窗外有個大大的藍底白字招牌寫著「維多利亞長途巴士站」。

「喔，謝謝你，諾亞。」我說，迅速解開我們兩個的安全帶。

「你睡著了。」諾亞搖搖頭說，好像他發現我做了什麼淘氣的事。

我點點頭，心想不知道自己睡了多久，以及現在幾點了。我把太空安全帽塞進背包裡，牽起諾亞的手，等在排隊下樓梯的人後面。我的腳踝疼得更厲害了，但那一點都不重要。我們已經到達倫敦，星星獵人離我們不遠了，而且我相信班和特拉維斯一定會找到我們的。

「來，諾亞，快點！」踏下最後一個臺階時，我抓住他的手。司機不在駕駛座上，下層車廂裡一個人都沒有，空蕩蕩的。「我們必須趕快離開。」

「嘿……阿妮亞！」

我左右張望，尋找呼喚我名字的聲音來源，聽起來似乎是從巴士後方的地板傳來的，可是那邊所有的座位都是空的。是我幻聽了嗎？

突然，兩顆腦袋從座位那邊探出來，其中一個對著我露齒微笑，另一個則戴著連身帽遮住臉，看起來像是一個奇怪的黑色三角形。

「喂，我們還以為你們已經走了呢！」班說著，拉下他的連身帽，對我咧嘴一笑。

「就是說啊！」特拉維斯跟著說，他從班身上爬過去，率先走出來。

我高興得不知該做何反應，無視腳踝的疼痛，在狹窄的走道裡跑起來，跳到特拉維斯和班身上，張開雙手同時擁抱他們兩個——我從來沒有這麼用力擁抱過別人，而且還是一次兩個！

「唉唷！」班叫出聲。

「呃……呃……」特拉維斯結結巴巴的開口。

「太棒了，」諾亞大喊，「洋芋片！」

「你們怎麼……我以為……在哪裡……」我想丟出所有的疑問，但問題實在太多了。

「我們晚一點再告、告訴你。」特拉維斯說。我站直身體放開他，他的臉現在幾乎和巴士座椅一樣紅。「我、我們趕快走吧，在司、司機回來之前下車。」

「對，」班說，他的笑容如此燦爛，所有的牙齒都露出來了。「我的腿都麻了，塞車也太嚴重了。」

「好。」我點點頭，轉身快步走過通道。聽見班、特拉維斯和諾亞的腳步聲跟在我背後，我緊緊閉上眼睛，向媽媽致上最衷心的感謝。我知道她的星星一定是聽到我在上層座位許下的願望，便幫我實現了，而且她還讓我感到比以往任何時候都更有活力、更興奮——這種感覺就好像世界上最大的汽水瓶不停的冒泡，將我的內心填得滿滿的。

我先下車，試著不去理會腳踝傳來的劇痛，轉身幫諾亞跳下車。

「嘿，」我身後傳來一個聲音，「你們是從哪兒冒出來的？」

我回頭一看，女司機正張大嘴盯著我看，雙手舉在半空中，正要關上行李隔間的拉門。

「快點！」特拉維斯大喊，他跳下巴士，將我往前推。

「嘿！」巴士司機一邊大喊，一邊衝向我們。

「天哪！快——跑——」班大喊。他跳到我們前面，跑向長途巴士站。

「停下來！」巴士司機大叫，「阻止他們！」

下一秒，周圍所有人都轉過頭看向我們，我們使出吃奶的力氣遠離司機。因為我的腳踝太痛了，沒辦法正常跑步，速度逐漸變慢，然而，我能聽到巴士司機的腳步聲越來越近。

「阿妮亞，上來！」特拉維斯喊了一聲，將我拉到他的背上，背著我繼續跑。

「好主意！」班說完，也將諾亞背了起來。他們跑得比之前更快，衝過車站的玻璃門，融入成千上萬的人群之中。

巴士司機沉重的腳步聲漸漸消失，我回頭望過去，卻看到她停下來，拿出對講機開始說話。

「快點，」我提高音量對特拉維斯說，「她在報警！」

「走這邊！」班高聲指示。

我們在人群中鑽來鑽去，不時聽到大人輕聲叫著「唉呀」。我們越過整個車站，跑過數百人身邊，在上方標示著「17—21月臺&購物廣場」的兩座電扶梯前停下。踏上電扶梯後，隨著我們越來越高，慢慢的能夠看到的視野也越來越寬廣。我們小心的張望著，尋找巴士司機和警察的身影，但是什麼都沒看到。

「呼！」班鬆了一口氣，用連身帽擦掉臉上的汗水，「真是千鈞一髮啊！」

「對啊，」我說，「謝謝你背我，特拉維斯。」

但特拉維斯並沒有看向我、班或諾亞，而是轉身背對著我們後方的車站樓層，張大嘴驚訝的盯著電扶梯上方的某個東西。

「喔，不……」他豎起一根手指，往上方指了指。

在電扶梯快要到達盡頭時，我和班轉過身，迅速跳離電扶梯。

「我的老天爺啊！」班低聲說。諾亞從他背上滑下來，站到地板上。

眼前的長廊到處都是商店、漢堡餐廳和販賣各種糖果、零食的攤位，在我們上方的天花板懸掛著我所見過最大的電視螢幕，螢幕上有四張巨幅照片，裡面的四個孩童跟我、諾亞、特拉維斯和班長得一模一樣，只不過沒有凌亂的頭髮、巧克力汙漬或傷痕。而在我們的照片上方，以超大且格外閃亮的紅色字體寫著：

新聞快訊：協尋失蹤兒童

警方認為逃家兒童可能前去尋找殺人嫌疑犯

諾亞跳上跳下的指著螢幕上他的臉大喊，「妮亞，我們變成名人了！」

我沒有回應。我想知道那則新聞快訊是什麼意思，「為什麼我們要逃家去找殺人嫌疑犯？」我皺著眉頭問。

特拉維斯和班對視了好一會兒，雖然時間不長，但我立刻看出他們正在用眼神溝通。我不知道他們在說什麼，卻知道這讓他們兩個臉色都漲紅了。

接著，班轉向我，莫名的笑了兩聲，「誰知道呢，記者瘋了吧！來，我們最好趕快行動。」

我最後又瞄了螢幕一眼，跟在特拉維斯、班和諾亞身後，匆匆走過一排又一排的商店。他們兩個在往前走的同時，依舊相互對視。我忍不住要想，那個殺人嫌疑犯是誰？為什麼記者會以為我們可能想去找他？而且最重要的是，為什麼班和特拉維斯突然表現得這麼異常又可疑呢？

第十七章★倫敦地面和地底

「妮亞，我又餓了。」諾亞開口。

他走在我們身邊，試著透過金屬濾盆上的洞往外看。

班重新戴上他的達斯．維達面具，而我和特拉維斯則將連身帽往下拉，盡可能的遮住我們的臉。當我們從其他人身邊走過時，還是會被盯著瞧，但大多數的人只是微笑。我可以看出來，他們以為我們還不想讓萬聖節就這樣結束。雙扇玻璃門在店鋪長廊的盡頭等著我們，透過玻璃門可以看到另一邊的馬路上車來人往，陽光明媚。

儘管我覺得自己的腳踝就快要脫落，卻還是迫不及待的想走出去。我感到有點頭暈和噁心，我知道呼吸新鮮空氣會讓我感覺好一些。媽媽說新鮮空氣可以創造奇蹟，所以每當我或諾亞生病時，她總是會將窗戶打開，好讓我們可以吸入奇蹟。

「妮——亞——」我們在玻璃門旁停下時，諾亞哼哼唧唧的抱怨。

「噓，諾亞。」我警告他。

特拉維斯很快的拿出衛星導航機，試著開機，但不管他多麼用力的壓下按鈕，螢幕依舊毫無反應。他拿著衛星導航機在腿上敲了兩下，又試了一次。

「糟了，電、電池沒電了！」他說，一副它怎麼可以背叛他的樣子。

「別擔心，」我從背包裡拿出皇家天文臺的導覽紀念手冊，翻到地圖那頁遞給特拉維斯、班和諾亞看，「我們只要請人告訴我們如何到達這裡，或是這裡就可以了。」我指著地圖上的大海盜船，以及星星獵人的總部。

「那裡有東西吃嗎？」諾亞指著海盜船問，這時有人的肚子咕嚕叫了兩聲。

班的臉一下子變紅，低聲說：「對不起。」

「在這裡等著。」特拉維斯說著，往商店那邊跑回去。

幾分鐘後，就在我和班開始擔心時，他拿著一個裝了四個熱牛角麵包的白色大袋子回來了。

「哇，兄弟，你真是太棒了！」班大喊，衝過去拿了一個牛角麵包，把一大半塞進嘴裡，「太好吃了。」

諾亞發出愉快的歡呼聲。現在我們離皇家星星獵人越來越近，我也開始有餓的感覺，會想要吃點東西了。

「嘿，看那邊！」班擦了擦嘴，指著一個剛從遊客禮品店走出來的男人說。那個男人穿著墨綠色的西裝，戴著一頂很像火車售票員的帽子，身上別著一個大大的名牌寫著「諮詢員」。「我們可以問他要怎麼去格林威治。」

班戴上他的達斯．維達面具，走向那個男人，他的披風像黑色船帆一樣飄在身後。可是他還來不及走過去，一大群穿著紅色T恤、戴著黃色棒球帽的學生趕在他之前將那個男人團團圍住，手裡還拿著一張紙。一個舉著黃傘的高個子女士嘴巴誇張的一開一合，大聲的對著男人連珠炮似的詢問了好幾個問題。我們看到班試著擠進人群卻失敗了，隨後他的達斯．維達面具居然開始點起頭來。學生們像行星環繞太陽似的將諮詢員圍在中央，雨傘女士試圖控制他們，班則快步跑回我們身邊。

「快點！」他說著，將面具往上拉，好讓我們可以聽清楚他說的話，「那些學生要去地圖上的海盜船，他們正在問要怎麼去格林威治，我們跟著他們就行了。」

「真是太、太幸運了，阿妮亞。」特拉維斯說，對我豎起大拇指。

我咧嘴微笑，因為我知道媽媽又幫了我們一次。我能感覺到似乎有一股巨大的波浪在我體內升起，推著我往前進。

「謝謝媽媽。」我用氣音大聲的說，相信她一定能聽到的。

在我們身後，高舉黃傘的高個子女士壓住已經打開的玻璃門，「孩——子——們，你們必須跟著我！」她大喊，一邊數著從她身邊經過、相互推擠的腦袋，一邊很快的點頭，「你們絕對不可以在這個城市走丟！Veloce! Veloce! Per favore![1]」

「那是什麼語言？」班問。我們等最後一個學生走出玻璃門，才開始跟著他們。

「我不知道。」我回答，「西班牙語？」

「絕對不是法、法語。」特拉維斯說，「也許是義、義大利語？」

「我喜歡西班牙語！」諾亞高聲說，拉著我的手晃動腦袋，他的太空安全帽也隨之左搖右晃。

跟著那群學生，卻又要裝得像是沒有尾隨在後，比我們想像的要難多了。拿著黃傘的老師和另外兩個矮一點的老師會不時停下腳步，或者是在確認人數，或者是在斥責某個孩子。每次他們一停下來，我們也會跟著停下，然後指著天空，假裝在看什麼東西，直到他們再次移動。

我們跟著他們走到兩條大馬路中間的公車站牌，看著他們匆匆走向一輛看起來像紅色毛毛蟲的雙節公車，然後依序上車。

「走！」我拉著諾亞的手臂，好讓他走得更快些。當我們靠近公車敞開的車門時，我馬上注意到駕駛座上沒人，這表示公車司機可能還在休息。媽媽的星星果然在守護著我們，一切才會這麼順利。

我招手示意特拉維斯和班跟上，同時牽著諾亞一起走向後面的座位。我看到帶著黃傘的老師拿了好幾張交通卡在黃色機器上一一感應，我希望待會兒不會有人要求我們也拿出卡來。

1 義大利語，即「跟上！跟上！拜託跟上！」之意。

「司機來了。」特拉維斯低聲說。

一個高大肥胖的公車司機爬上駕駛座，我們全等著他來問我們的票在哪裡，但他卻沒有看向任何人，只是坐到位子上，關上車門，大喊一聲，「都上車了！」公車便開始搖搖晃晃的動了起來。

「我愛倫敦！」班輕聲說，拍拍我的肩膀，讓我也再次愛上倫敦。

可惜我們對倫敦的愛並沒有持續太久，因為僅僅兩站之後，公車就停滯不前，再也沒有移動過。

「發生什麼事了？」班把臉貼在車窗上問。

「塞、塞車了，」特拉維斯說，他搖搖頭，又聳了聳肩，「就像剛才在長、長途巴士上一樣。」

此起彼落的汽車喇叭聲從車外傳來，突然間，一陣警笛聲響起。

班和特拉維斯坐直身體看向我，我也回望著他們。是警察嗎？他們發現我們了嗎？是他們故意造成塞車好讓我們停下來嗎？

我們屏息等待，警笛聲越來越響，然後我們看到一輛救護車飛快駛過。

「呼！」班輕輕的吐了一口氣，我們再次放鬆下來。「不是來抓我們的。」

「各位先生女士，由於前方發生事故，本次公車即將改道，」司機透過擴音器宣布，「如果您的最終目的地不是格林威治步行隧道，請務必在此下車。」

公車門發出嘶嘶聲打開，但是拿著黃色雨傘的老師和學生並沒有下車，所以我們也跟著留下。

「趕快動起來吧！」我輕聲催促，希望車流快點疏通，讓我們可以再次移動。我開始感到擔心。我不知道現在幾點，也不知道我們離皇家星星獵人還有多遠。我回頭看向公車上原本應該顯示時間和目前地點的黑色小螢幕，可是它故障了，上面一片空白。

在另外兩輛救護車和一輛警車呼嘯而過後，公車終於開始緩慢前進。

「看在老天的分上，」班說，「也差不多該動了。」

公車似乎在成千上百條街道裡進進出出、繞來繞去，諾亞陷入了沉睡，班的嘀咕聲越來越小，然後他也打起瞌睡。拿著黃傘的老師不再大呼小叫，也不再試圖控制學生，因為他們和我們一樣陷入了半昏睡的狀態。好不容易，感覺好像過了大半天之後，公車司機總算將車停下，大喊，「終點站到了，所有的乘客請下車！」

「孩——子——們，準備！準備！請拿好包包，和夥伴手牽手，快點！」女老師一邊大喊，一邊用力拍手，把大家都吵醒了。她走到車門口，拿著傘的姿態彷彿那是一根魔杖。

公車一停下，所有人開始擠下車，我把諾亞搖醒，拉著他站起來。長途跋涉讓我們筋疲力盡，甚至連我的腳踝也跟著睡著了。當我喚醒它時，一陣可怕的劇痛猛然襲來，我必須咬住嘴脣才沒有叫出聲。

「看，那邊！」特拉維斯說。我們跟著那群學生走到一根桿子前，上面有個尖尖的黑色指示牌寫著「格林威治步行隧道五百五十公尺」。

「太棒了！」班說，摘下了面具，「終於到了，這就是地圖上的隧道。那裡一定是入口！」

我們看著那些學生走向一棟有著特殊圓頂的低矮圓柱形紅磚建築，然後消失在裡面。

「來買世界上最知名河流的紀念品吧！」入口附近傳來一個聲音，有更多和我們搭同一輛公車的人也走了過去。「冰淇淋和水只要一點五英鎊，同樣的價錢也能買個馬克杯喔！」

我們走近隧道入口，看到一個裝飾著大量磁鐵和鑰匙圈的小型冰淇淋冷凍櫃，有個女人就坐在前面的凳子上。

「妮亞，我可以吃冰淇淋嗎？」諾亞脫下太空安全帽，拉著我走向那個女人，「拜——託——」

「我們之後再買，諾亞，我保證。」我說，試圖把他拉回來。

「不要！我現在就想吃，妮亞……我已經說拜託了。」

那個女人坐在凳子上看著我們，在諾亞把我們拉得更靠近她時微笑。

「你好，小傢伙，」她和藹的說，「你想要什麼口味？」

「草莓和巧克力，加上番茄醬。」諾亞舔了舔嘴脣說。

「番茄醬？」女人皺著眉頭問，「啊，你是說草莓醬吧！」她拿起一個紅色瓶子，諾亞點點頭。

「諾亞，現在不行，」我把他拉開，「我說了之後再買。」

「是啊，諾亞，我們之後再買、買個更大的給你。」特拉維斯承諾。

「不要！」諾亞大喊，他的臉漲得通紅，「我不要更大的！我要現在這個！」

我更用力的拉他的手臂，那女人開始對我們皺眉。她在凳子上往前傾身，看著我、班、特拉維斯和諾亞，好像她知道一些我們不知道的事。她從冰淇淋冷凍櫃的上方抓起一張報紙，「等等，」她再度開口，面露懷疑之色，「你叫諾亞嗎？」

當諾亞點頭時，我感覺班和特拉維斯都為之一愣。

「喔，我的天……你們是……你們就是他們！報紙上的……那幾個孩子！」那個女人高喊著，聲音越來越響亮。

那一瞬間，我們面面相覷，班看著我，我看著特拉維斯，特拉維斯看著那個女人，而諾亞卻還看著冰淇淋櫃。突然間，彷彿心有靈犀，我、特拉維斯和班同時大喊，「快跑！」然後衝過那個女人面前，直直奔往隧道的入口。我聽到班的鞋子踩在地面上的沉重腳步聲，而特拉維斯背起諾亞，他的背包在背上甩動著，發出叮叮噹噹的聲響。

「等一下！」那個女人大叫，從凳子上跳起來，「停下來！不要去找他，太危險了……」她的聲音逐漸遠離。

我跑下迴旋梯，不去理會腳踝傳來的劇痛，同時轉頭張望。那個女人沒跟在我們後面，但直覺告訴我那是因為她正在報警。

當我們抵達樓梯底部時，我停下腳步。我再度感到頭暈，眼裡浮現出光點，這讓前方的隧道看起來就像被一顆巨大的舞池反射燈球照亮了一樣。

「快走，阿妮亞！」班大喊，跑回來抓住我的手臂，將我往前拉。

儘管我的肺、我的胸和我的腳踝都不願意再踏出一步，但我的身體還是跟著他跌跌撞撞的前進。我們來到一個由閃閃發光的白色瓷磚組成的狹窄隧道，以我們的呼吸和雙腳所允許的最快速度往倫敦地底走去。

第十八章 ★ 歡迎來到格林威治

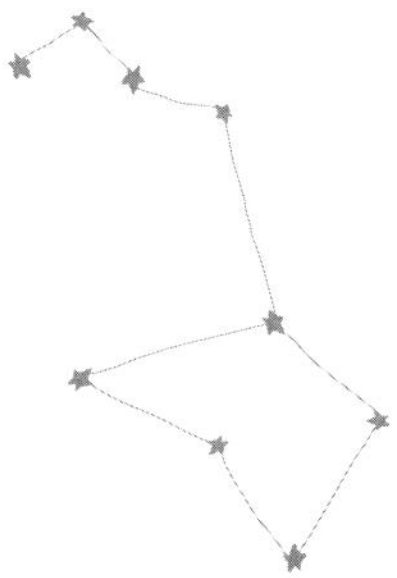

「她有……跟在我們身後嗎？」班大口喘氣，抬起袖子抹臉。

特拉維斯搖了搖頭。

「很好，」班停下腳步，雙手撐在大腿上，彎下腰，「我已經……跑……不……動了。」

「我……也是。」我說著，把頭靠在弧形牆面上，坐了下來。我們使盡全力的快速跑過大半的隧道，現在我連一步都跑不動了。我感覺腦中的血管砰砰直跳，整張臉彷彿快著火了。我拉下老虎裝的連身帽，真心希望隧道裡能有點新鮮的空氣幫我降溫。

特拉維斯讓諾亞從他背上滑下來，開始大聲喘氣，好像有什麼東西卡在他喉嚨裡似的。他向班伸出手，班盯著看了幾秒鐘才反應過來，「喔，你要喝水。」然後把水瓶遞給我們。我們沉默的將剩餘不多的水灌進肚子裡。

諾亞揉了揉眼睛，氣呼呼的走過來，將頭埋進我的腹部。他想讓我知道他不開心，不想再跟我說話。

班指了指前方，「嗯，終點在哪兒？」他皺著眉問。

我眨了眨眼睛，讓飄浮的光點消失，然後看向班所指的方向。呈弧狀的白色瓷磚牆和隧道裡長長一列的黃色吸頂燈不斷往前延伸，彷彿沒有盡頭。

「來吧！」特拉維斯喘著氣說，他把最後幾滴水潑在臉上，「我們繼續走吧，她可、可能還會追、追過來。」

我將我的萬聖節糖果袋遞給諾亞，藉此表示歉意，希望他忘了冰淇淋。

我試著拉起他的手，打算再次往前跑。

但我的腳踝已經痛到連多碰觸地面幾秒都沒辦法。我咬著嘴脣，試著跳幾步好讓班和特拉維斯安心，但卻做不到。

「來。」班拉起我的一隻手繞過他的脖子，搭在他的肩上。特拉維斯也走過來，拉起我的另一隻手做了同樣的事。

「我們必須去醫院。」特拉維斯說，一臉同情的看著我。

我搖搖頭，開始單腳跳著，「等我讓他們給媽媽的星星取了正確的名字再說。」我說，更用力的抓緊特拉維斯和班的肩膀。

他們兩人點點頭當作回答，我知道這是他們不會強迫我放棄的承諾——不會在我們就快到達目的地的此刻。

諾亞大聲的吃著我袋子裡剩下的糖果，蹦蹦跳跳的走在特拉維斯旁邊，我們三個則是安靜的穿越隧道。等到趕上和我們搭同一輛公車的那群學生時，我們才放慢速度，跟在他們後面幾步遠的地方。他們吵吵鬧鬧的，發出很大的聲響，讓隧道裡彷彿擠滿了人似的。不過這是好事，因為如此一來，對向走過來的人就不會注意到我們了。但還是有不少人會多看我們兩眼，尤其是在諾亞覺得抓著我的老虎尾巴發出咆哮很有趣的時候。

不過這些都不重要，唯一重要的是我們要趕快走到隧道盡頭，在不被賣冰淇淋的女人或其他任何人抓到的情況下找到星星獵人。我看得出班和特拉維斯也在想同樣的事情，因為他們和我一樣緊蹙著眉頭。

用受傷的腳跳著穿越似乎永無止境的隧道，讓我的大腦開始產生許多奇怪的念頭。我不禁胡思亂想起各式各樣的事，例如：我以前的同學艾迪和關在做什麼？爸爸有沒有在今天的新聞快訊看到我和諾亞？他有猜到天空那顆新星是媽媽的心變的嗎？我還想到媽媽過去常為我們做的早餐特製鬆餅，看起來總像點綴著隕石坑的黃色月亮，覆蓋著一層美味的金色奶油，好吃得不得了。我的腳踝受傷說不定是件好事，因為如果我必須住院，諾亞就可以和我待在一起，我們可以拜託醫生請爸爸來接我們，還有請伊烏江瓦太太在班和特拉維斯長得更高之前趕快收養他們。在媽媽的星星得到正確的命名後還有很多事要做，我一定要讓心中所想的這一切都發生。

「嘿，」特拉維斯開口，「你們看到了嗎？我覺得我好像看到了什麼。」

我和班瞇起眼睛想看得更清楚。在遙遠的前方，是一圈不同於吸頂燈的發亮光環。

「感謝老天爺！」班在面具下說，「我們總算快走到盡頭了。」

我們現在前進得更快了，諾亞假裝自己是一架飛機，繞著我們俯衝。隨著吸頂燈和地板之間的間距越來越大，光環也越來越亮，我們的腳踩上地面畫的一大條白線。在白線上方以大寫字母寫著：

歡迎來到格林威治：

時間與空間交會之處

這是我見過最棒的終點線。我們安靜的跨過它時，前方的學生們全停了下來。

「這次我們和他們一起搭電梯吧！」班說，擔心的看著我的腳踝。

「我們必須小、小心，」特拉維斯說，「上面。」他指著上方，確定我們明白他的意思，「不、不要放開我們，阿妮亞，我們有可能需要走快一點。」

我們等著大型金屬電梯的到來，然後擠在學生、拿著黃傘的女士和一對以美國口音大聲交談的老夫婦之間進了電梯。

「妮亞，我們即將升空！」諾亞高興的大喊，他覺得電梯正在我們腳下起飛。他站在一旁，將鼻子抵在縱橫交錯的金屬格柵上，看著下方的地面逐漸遠離。幾分鐘後，電梯「叮！」一聲後停下，門往旁邊滑開。電梯裡的學生開始往外走，我抬頭一看，發現外面有個人正踮起腳尖，四下張望。是那個賣冰淇淋的女人，她旁邊還站了兩名警察！

「低下頭！」我壓低聲音，拉了拉班和特拉維斯的手肘，示意他們躲在那群學生後面，並盡可能離那個女人越遠越好。

特拉維斯把諾亞拉到身邊，豎起一根手指放在嘴脣上，警告他不要說話。我們儘量彎下腰，離開電梯，走到外面，利用學生當掩護。我們很快就融入成千上百個邊走邊拍照、不時停下來指東指西的觀光客之中。那個女人和警察離我們只有幾步之遙，而他們的注意力仍放在電梯裡。

「那邊！」特拉維斯低聲說，示意我們往隧道建築旁販售杯子蛋糕和棉花糖的大餐車前進。

我們躲在餐車後面耐心等待，以確保不會被發現。

「我現在真的可以聽到自己的心跳聲。」班小聲說。

「真是千鈞一髮。」我回道。

我們看見其中一名警察對著對講機說話，而那個女人則聳了聳肩。沒多久，他們全走進隧道建築，站在樓梯口往下看。

「妮亞，看，有一艘海盜船！」諾亞拉了拉我的手臂，跑到人來人往的人行道中央。

「真酷！」班說，我們跟在諾亞後面，抬頭望去。我左右張望，那個女人和警察似乎已經離開，所以我們應該是安全了。

我們站著凝望我所見過最大、最閃亮且完全符合海盜形象的海盜船，它看起來像是由上千根刺向天際的針所組成，並以一張巨大的蜘蛛網相連。它坐落在一顆由玻璃製成的大鑽石上，當陽光照射在玻璃上便會如大海般閃閃發光，讓這艘船更顯特別。

我用單腿站立，從背包裡拿出我的皇家天文臺導覽紀念手冊。

「看，我們在這裡。」我指著和卡蒂薩克號一模一樣的海盜船圖示，「我們應該走這邊，因為我們要去那裡。」我的手指從海盜船移往寫著「格林威治市集」的標示，然後穿過樹林，最後停在天文望遠鏡的小圖示上。

這時，鐘聲從很遠的地方傳來。

噹！

噹！

噹！

噹！

「已經四點了？」我震驚的問。長途巴士塞車、公車改道和我的腳踝居然導致我們遲了這麼久！

「應該是。」班點點頭。

「那麼我們快走吧！」我堅定的說。我們朝彼此點頭，向市集前進，準備好迎接時間和空間即將加之在我們身上的一切。

第十九章 ★ 跨越黑色欄杆

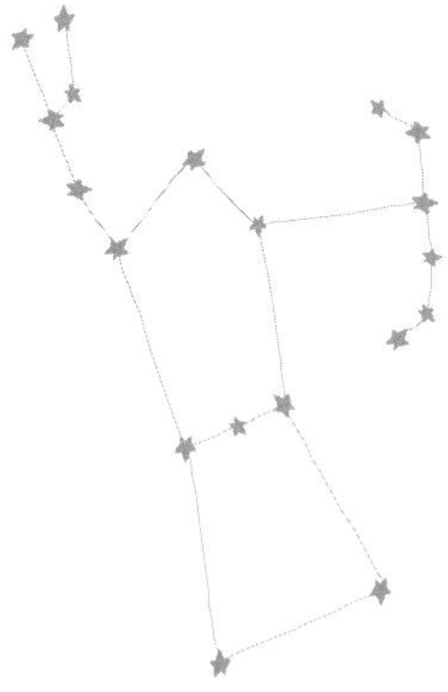

「不好意思，先生，請問星星獵人之家要怎麼走？」班一邊問，一邊將熱氣騰騰的薯條塞進嘴巴。

市集裡食物的香味引得我們口水直流，於是特拉維斯拿出他大部分的錢買了一大包酥脆的炸薯條，讓我們邊走邊分食。

老先生皺眉低頭看著班。

「星星什麼東西？」他問。

「對不起，先生，他的意思是皇家天文臺要怎麼走？」我說，對班咧嘴一笑。

「喔。嗯，走那一條路。」老先生回答，同時試著阻止他的狗把他拉開，並指著一條上坡路，「沿著那條路走到盡頭是一座公園，然後直接往山上走就是了。」他灰白的眉毛擠在一起，透過半月形的眼鏡看著我們，接著瞄了眼手錶，又看看我們，「不過今天那邊要舉辦一個特別的活動，所以會提早關閉。現在已經四點半，你們應該進不去了。」

「喔，我們進得去的，」班說，向老先生露出一個大大的微笑，他不由得往後退了一步。「我們的爸爸在那裡上班。總之，謝謝你。」

老先生撓了撓頭，一臉疑惑，但還是任由他的狗把他拉開了。

「他會想這件事想很久。」班說。

「你、你好聰明。」特拉維斯笑著說。諾亞跳起來又拿了一些薯條。

「我們的……爸爸？」我皺眉。

「因為我們看起來像是同一個爸爸生的啊！」班解釋。

「喔……」我應了一聲，覺得自己很傻。我的腦袋一直在想那位老先生說的話——天文臺馬上就要關閉，我們進不去了。我們還沒計劃好到天文臺後該怎麼做，如果在經歷這麼多困難之後，到了這裡卻進不去，那該怎麼辦？

我們往那位老先生所指的方向，開始走在漫長的上坡路上，或者步行，或者邊走邊跳，或者背著走的往公園前進。太陽下山，天空慢慢變暗，我們唯一能聽到的是人們在燈火通明的酒吧和餐廳裡大笑、喝酒的喧鬧聲。

「我們現在在哪兒？」班問。

「不、不會太遠了。」就在特拉維斯回答時，我們已經可以看到路的盡頭。

前方是一長排裝飾著金色捲邊的黑色柵欄，兩扇大門敞開著，拉起一條禁止進入的紅繩，兩個身著黑色長大衣、耳朵上掛著對講耳機的高大男人就站在一旁。在他們身後遠處的山丘上，我可以看到它就在那兒！大圓頂和紅磚建築，被黃色和藍色的燈光照亮──皇家天文臺，我們就快到了！

一輛超級閃亮的黑色加長型轎車從我們身邊緩緩駛過，停在打開的大門前，其中一個高大男人走向後車窗，一隻戴著白手套和巨大鑽戒的手從車裡伸出，遞給他一張卡片。男人點了點頭，另一個男人則放下紅繩，讓車子駛入。

「他們一、一定是來參加晚宴的。」特拉維斯低聲說。

「沒錯，而那兩個則是便衣警察，」班權威十足的說，「我們最好不要被他們看到。你們看，那裡有一個告示牌，我們去看看上面寫了什麼。」

我們跟著班走向大門前的一個大型櫥窗公告欄，裡頭是一張彩色的綠地圖，上面有個箭頭寫著「你的位置」，還有許多不同筆跡寫成的小卡，問一些「你見過這隻狗嗎」、「是否在找你的靈魂伴侶」之類的問題。在正中央貼著一張滿是閃亮煙火和發光星星的海報，上面以金色字體寫著：

就在今晚！
克羅諾斯年度晚宴
為世界守時兩百五十週年紀念
請注意：皇家天文臺和天象館所有設施將於下午四點關閉

「喔，糟糕，已經關門了。」班低聲說，回頭看了看那兩個男人，好像他們兩個應該為此負責似的。

我把臉從欄杆之間的縫隙擠進去，抬頭看向建築物。我們已經這麼近了，一定要進去……我們非進去不可！我們不能千里迢迢來到這裡，然後卻進不去。我不能因為幾扇愚蠢的大門，就讓媽媽的星星永遠頂著錯誤的名字在天空徘徊。

我伸出雙手，希望能碰到建築物，或者觸摸到皇家天文望遠鏡，這一切感覺是如此接近。我看著伸在前面的手臂和雙掌，突然間想到一個點子。

「走吧，」我說著，去拉班和特拉維斯的手臂，「我想我知道我們要怎麼進去了，只要確定不會被其他人看到就好。」

班和特拉維斯一臉困惑。我開始沿著欄杆往前跳，離開兩個便衣警察所在的地方。我們繼續前進，直到遠離所有的房子、餐廳、聲音、燈光和樹木，然後欄杆遇到一堵磚牆，已經到了盡頭，附近沒有任何人會看到我們。

「來，」我把背包放下，「我們可以從這裡進去。」

「從哪裡進去？」班問。

「你們看！」我說，盡可能吐氣好讓肚子縮小，抓住老虎的尾巴，然後轉向兩根鐵欄杆，把一條腿伸進去，再來是手臂，接著一一將身體其餘部分慢慢擠過去。我把臉轉向一邊，在金屬的邊角刮到臉頰時閉上眼睛。我感覺到擠壓的力量讓我無法呼吸，但並沒有持續太久，很快的，我整個人都在裡面了——我已經身處在鐵柵欄的另一邊。

「看，」我揉揉臉，讓它恢復正常，「簡單吧！」

班往前靠在欄杆上，試著比劃自己能不能鑽得過去，「可是……我的頭髮……」他喃喃自語，心疼的撫摸著頭髮，彷彿在欄杆間擠一擠就會變成禿頭似的。

「諾亞先吧！」特拉維斯一邊說，一邊把諾亞往前推。

「諾亞，來吧，過來這裡。」我低聲說，把諾亞拉向欄杆。諾亞兩隻手臂伸向我，讓我把他拉過來，他的太空安全帽在他穿越欄杆時撞掉了。特拉維斯將金屬濾盆和我的背包穿過欄杆遞給我，然後他也擠了過來。黑暗中，他的骷髏裝開始發出白綠色的幽光。

「天啊，我一定擠不過去的。」班說著，又摸了摸他的頭髮。

「才不會，你可以的，」我鼓勵他，「你只需要用盡全力呼氣，就像我一樣。」

「快、快點，班，」特拉維斯跟著說，「我們會幫忙處理你的頭髮。」

「好吧，我的意思是……我覺得這應該行不通，但是怕你們說我連試都不願意試一下……」班喃喃自語，抓住欄杆深呼吸。他先將半張臉擠進去，然後是一條腿，再來是胸膛，接著他伸出一隻手，「卡住了！我被卡住了！」

諾亞開始咯咯笑，看著我和特拉維斯抓住班的手臂用力拉。在我們努力把他的身體拉過來時，一堆糖果如瀑布般從他的口袋裡掉了出來。

「喔喔喔——」班大喊，「我的老天爺！為什麼這些欄杆靠得這麼近？我要死了！」

「噓！」我警告他，同時加大手上的力道。

「等等，我的頭髮！我的頭髮！」班在他的臉擠過欄杆時尖叫。

「不、不要去想你的頭髮，吐氣！」特拉維斯命令道。

「喔喔喔——」班再次大叫。我們繼續拉他的手臂，感覺像要把它扯下來似的。他的胸膛已經開始往我們的方向移動，而且他的臉幾乎就要穿過來了，接著突然間，班整個人已經擠過來我們這一側。

「好痛！」他倒吸一口氣，檢查自己有沒有受傷，「我以為我要死了。這也太尷尬了！等等，」他迅速摸了摸自己的頭髮，然後問，「我的頭髮沒事吧？」

我和特拉維斯互看一眼，忍著不笑出來。原本班的頭髮是完美的圓形，現在卻變成了有點搖搖欲墜、蓬鬆的長方形。

諾亞咯咯笑了起來，這讓班皺起眉頭。

「欄、欄杆這個點子實在太棒了，阿妮亞。」特拉維斯說完，走過來扶著我。

「沒錯。」班說，「即使這麼做幾乎毀了我的頭——」

「噓！」我示意他安靜，把諾亞拉到我身邊。

我聽到草叢裡傳來細碎的沙沙聲，越來越近，越來越響。

我們幾個像奇形怪狀的樹雕，動也不動的呆站在原地，開始感到恐懼。

「啊啊啊啊啊啊！有——老——鼠！」班指著我身後大喊，飛快的跑進樹林裡。

我的耳朵傳來脈搏的跳動聲，我慢慢的轉過頭，看到突然出現在眼前的毛茸茸灰色小臉，牠有一條濃密的尾巴，兩隻爪子還抓著一顆巧克力花生。牠一定是聞到了班口袋裡掉出來的糖果氣味，才會跑出來一探究竟。

「只是一隻松鼠！」我大喊，總算把原先憋著的氣吐出來，開始大笑，「班，停下來！別跑了，沒事了。」

「我要宰了他。」特拉維斯說，把手放在心臟的位置，搖了搖頭。

班跑回我們身邊，我拉起諾亞的手，抬頭往前看。透過眼前的樹木，我可以看到一片綠地、更多的樹木和一條長長的蜿蜒小路。雖然我們現在越過柵欄的另一邊，但是看起來離天文臺的圓頂還很遠。然而，空氣中飄揚的音樂和遠方傳來的聲響，都在告訴我們銀河系最盛大的比賽即將結束，而這將是我幫助媽媽的星星拿回她與生俱來的名字的最後機會。

第二十章 ★ 堅果任務

「不知道有多少人參加徵名比賽。」班說，扶著我跳過另一根大樹枝，經過長長的一排樹木。

「大、大概有好幾百萬吧！」特拉維斯回答，調整姿勢讓諾亞更穩的待在他背上，同時還要小心不讓自己被諾亞勒死。「不過這也無法改變你因為一隻松鼠就嚇到逃走的事實。」

「牠們看起來就跟老鼠差不多，」班爭辯，「只是……更蓬鬆一點。」

我們一個小時前就聽過的鐘聲再度從遠處傳來。

噹！

噹！

噹！

噹！

噹！

已經五點了！換句話說，我們現在只剩不到兩個小時可以爬上山坡去找星星獵人，阻止他們給媽媽的星星取錯誤的名字。

聽到鐘聲讓我們所有人都想走得更快一點，然而，想要快速穿過森林卻變得越來越難。天空已是一片漆黑，就連周圍的灌木和樹看起來也幾乎快和天空一樣黑。我聽到特拉維斯踢到東西、打滑和差點絆倒的聲音，班扶著我走，我可以感覺到他在避開樹枝、灌木和滑溜的泥土時，抓著我手臂的力道不自覺的加重。

我們繼續前進，山坡越來越陡，諾亞開始嘀咕著抱怨，其他人則喘著氣，速度比之前慢了許多。

「終於，」我們停在一棵巨木後面，班開口說，「我們到了。」

我們蹲在巨木後方，環顧四周，眼前已沒有樹木，也不再有泥濘的地面，只有一長排熄了火的黑色轎車，全都完美的停在停車格裡，就像諾亞用玩具車假裝堵車時會停的那樣。

道路的另一邊、停車場的後面是一堵高高的圍牆，圍著一棟超大的紅磚建築，前方的空地立著一座很大的金屬天文望遠鏡。六個黑色大盆固定在極高的架子上，火光搖曳，再往前則是一扇通往階梯的敞開大門。一個穿著黑色長大衣的大塊頭男人和一個穿著套裝的女人守在大門旁，耳機捲線從兩人的耳朵處延伸出來，和我們在山腳下看到的便衣警察一樣。

我凝望著前方牆面上正對著我們閃閃發亮的告示牌，就好像一張用鏡子做成的巨大邀請卡，上面寫著「歡迎來到格林威治皇家天文臺&彼得·哈里森天象館」。

「我們要怎麼進去？」班問。我們躲在樹幹後面，看著火光在風中飛舞。

「我不知道。」我憂心忡忡的回答。我根本沒想到星星獵人會被火盆和警衛保護著。在書中看到的所有照片都讓我以為他們似乎就住在圖書館裡，並且隨時願意幫助任何想了解太空的人。如果我們找到辦法躲開警衛，他們一定會幫助我們的，對吧？

我把這個問題從腦袋裡甩開，看著幾乎快在特拉維斯背上睡著的諾亞，「如果假裝我們的父母就在裡面的話，你們覺得可行嗎？也許可以叫諾亞假哭？」

特拉維斯搖搖頭，「他們可、可能會問我們父母的姓名，核對嘉、嘉賓名、名單，一旦發現我們說、說謊，就會逮捕我們。」

我們一致同意特拉維斯說得沒錯，便開始想還有什麼其他辦法。

又過了一分鐘，諾亞已經輕輕的打起呼來，特拉維斯突然興奮的轉身，對我們說：「等、等一下，我、我想到了！」

「想到什麼？」我和班異口同聲的問。

特拉維斯指了指我們前面的汽車，「利用這些。」

「呃……利用汽車？」班問，皺起眉頭。

特拉維斯點點頭，「對，因為每輛汽、汽車都配備了什麼？」他問我們。

班聳了聳肩，「輪子？」

特拉維斯搖了搖頭，用手肘輕輕推了一下班，「不對……是警報器！」

班的眉毛慢慢的拉直，然後往上挑。

「特拉維斯，你真是個天才！」他大喊，以試圖甩亮螢光棒的力道搖晃著特拉維斯的手臂，「但是該怎麼做呢？」

「警報器？」我問，想弄清楚他們到底在說什麼。

「用糖、糖果。」特拉維斯接著說，「從我們的萬聖節袋子裡拿？」

班抓起他的背包，拿出剩下的零食袋，以高舉獎杯的姿勢捧著。班的袋子已經空了，諾亞的快吃完了，我的也被諾亞吃了一半，但是特拉維斯的卻連開都還沒開過。

「非、非常好。」特拉維斯從班手裡拿了一袋糖果，把裡頭的東西倒出來，放進口袋裡，然後看著班也以同樣的方式處理其他糖果。

「你們打算怎麼做？」我又問，聽得一頭霧水。

「我們要利、利用這些來……設個陷阱。」特拉維斯咧嘴笑道。

「沒錯，」班繼續說，「一個能讓我們全都進去那扇門的陷阱。我們只需要製造一點小小的警報。」

我仍是皺眉，但突然間我想通了。「真是天才！」我大叫，隨即伸手摀住嘴以防自己的聲音太大，不過幸好馬路另一邊的警衛看起來什麼都沒聽見的樣子。

「我們去把警報器弄響。」班說，重新戴上面具，「你們待在這兒，把握時機衝進去，懂嗎？」

我點點頭。

「開始準備！」特拉維斯指示道，並讓諾亞從他的背上滑下來。我用雙手抓住諾亞的手臂，試著讓他自己站好，但他幾乎沒睜開眼睛，只是對我呻吟了兩聲。

「噓！」特拉維斯警告我們。我們從樹後探出頭來，觀察馬路對面的警衛。其中一個不再來回巡邏，而是面露懷疑的打量四周，不過幾秒之後，他又重新開始四處走動。

「好，」特拉維斯開口，我再度把諾亞拉起身。「就是現在……我們開始吧！」

班點點頭，用力咬住下唇，整個下嘴唇幾乎都沒入嘴裡。

我也跟著點頭，可是心裡超級緊張，我都不知道自己是真的在點頭，或者只是脖子在顫抖。

「好……你向、向左走，我向右、右走，我們在門口碰面。」特拉維斯下達指令。

班豎起大拇指，低頭檢查自己的口袋好確定所有的糖果都在。

我把諾亞拉到身後，從樹後爬出去，躡手躡腳的走向離我們最近的那輛車。我蹲在車門旁，將食指壓在嘴唇上，示意諾亞保持安靜。他模仿我，也將食指壓在嘴唇上，看起來很認真，而且清醒多了。

我看著班和特拉維斯融入黑夜，在班的身影看不見之後，特拉維斯那身會發光的骨架持續了更長的時間才消失。我一邊等待一邊豎起耳朵聽著，並試著讓諾亞站好，直到我終於聽到了動靜，彷彿在遙遠的天空下起冰雹的聲音。特拉維斯和班將糖果高高的拋向空中，最後落在汽車車頂上，發出不算大的金屬撞擊聲。

然後一切歸於平靜。

我惴惴不安的坐著等了幾秒鐘。如果這個辦法行不通該怎麼辦？如果糖果重量太輕而無法觸動警報器該怎麼辦？接著，警報器像突然醒來似的，一輛車的車燈開始閃爍，尖銳刺耳的警報聲劃破黑夜，然後是另一輛……

又一輛……

喔咿——喔咿——喔咿——喔咿——喔咿——

叭波——叭波——叭波——叭波——叭波——

喔——喔——喔——喔——喔——

「搞什麼……」其中一個警衛大叫，飛快的經過我們身邊，往左方聲音來源衝過去。

接著，彷彿在回應第一波警報噪音似的，新一波警報聲從相反的方向傳來。

嗚哩——嗚哩——嗚哩——嗚哩——嗚哩——

嗶——嗶——嗶——嗶——嗶——

嗚嗯——嗚嗯——嗚嗯——嗚嗯——嗚嗯——

特拉維斯衝回我身邊，抓住我的手臂，頭髮像是因為太過興奮而豎了起來。我們看見另一名警衛也離開大門，朝我們右方的汽車跑過去。幾乎在同一時間，班從陰影處出現，看起來既緊張又開心。

「快！」他指著前方說。

我們成功了！天象館的大門敞開，沒有人會阻止我們進去。

我們抓住彼此的手臂，半蹲著身子往汽車的另一側移動，同時探出頭左右張望，確認警衛不在附近。我注意到其中兩輛車的警報器已經停下來了。

「走！」特拉維斯壓低聲音，站了起來，開始以最快的速度衝向大門，並拉著我、諾亞和班跟在他身後。

我們跌跌撞撞的越過馬路，穿過大門，就在踏上鋪在臺階和天象館大門之間的紅色厚地毯時，我們聽到身後另外兩輛汽車的警報器響起，接著是一輛又一輛。

「誰還在扔糖果？」班小聲問。

我們面面相覷，全是一臉困惑。

「來，我們去看看。」特拉維斯揮手示意我們跟著他。

我們走上臺階，離天象館的大玻璃門只有幾步之遙，特拉維斯卻在此時轉身背對入口，望向俯瞰停車場的那面牆壁。我們跟在他身後，全都停下腳步看過去，眼前的景象讓我們驚訝得張大了嘴。

因為在我們下方，有一大群毛茸茸的灰色松鼠正在那些黑色加長型轎車的閃亮車頂上跑來跑去，觸動更多的警報器。牠們全追著班和特拉維斯扔出去的巧克力堅果，東奔西竄的想大快朵頤。

兩名警衛追在松鼠後面，長大衣在風中翻飛，滿臉通紅，汗流浹背，對著牠們大聲怒罵，瘋狂的揮動雙手試圖把牠們趕走。

「特拉維斯，我認為這可能是你到目前為止想過最好的點子了。」班說，臉上泛起引以為傲的笑容。

「絕對不只如此，」我驚嘆，忍不住笑了出來，「這是整個銀河系有史以來最棒的點子了！」

第二十一章 好萊塢超級巨星

「該去找、找星星獵人了。」特拉維斯說，伸手牽起諾亞。諾亞正張大嘴盯著松鼠，彷彿牠們是專屬於他的耶誕禮物。

轉身面向等在我們身後的紅色大建築，除了諾亞之外，我們全都再次陷入沉默。

「希望我們不用再躲警衛了。」班說。

我們把鼻子貼在玻璃門上，發現裡面非常暗，恆星、行星的圖片投影在每一面牆壁上，其中還有個奇怪的時鐘，指針移動的方向時而順時針、時而逆時針，而且每隔幾秒就會出現大大的白色字體，寫著「克羅諾斯腕錶：時間大師代表作」。舉目望去，空無一人。

我抓住把手，在心裡祈禱門沒上鎖，同時用力拉開。遙遠的談話聲和鼓掌聲從樓下傳來，在空曠的入口處迴盪。

我們一起走進去，朝大廳中央的螺旋梯前進。最上層的階梯在左右兩側各放了一根金色柱子，中間勾著一根紅色粗繩，旁邊則立了一個指示牌，寫著「克羅諾斯年度晚宴」，還有一個指往下方的箭頭。

「走吧，」我開口，「我們下樓。」

我帶頭領路，盡可能加快速度跳向樓梯口，心裡想著不知道在樓下會發現什麼，以及要怎麼做才能讓其他人聽我訴說關於媽媽的星星的事。我不知道現在幾點了，但是卻很清楚我們沒剩多少時間了。

我們蹲低身子，鑽過阻擋在前方的紅繩，悄悄沿著螺旋梯往下走。越往下，周圍越暗，我也將諾亞的手抓得越緊。踏下最後一階，我們看到另一個指示牌，這次寫的是「克羅諾斯晚宴請往前直走」，箭頭則指向一條長長的走廊。周圍幾乎是漆黑一片，但是在我們走過時，牆壁甚至天花板卻突然亮了起來，映照出許多行星、彗星和黑洞的照片。音樂和笑聲彷彿海浪似的從隔壁房間一陣一陣湧了出來。

「你們看！」諾亞大喊，指著出現在走廊盡頭黑色大螢幕上的影片。

影片中是一個正在旋轉的粉白色光團，上方和下方呈現出長長的龍捲風形體，將中心的球體擠壓得越來越小，直到毫無徵兆的突然爆裂，散成藍銀色的粉末。「星星如何誕生」六個大字出現在螢幕上，持續三秒後，又逐漸消失在黑暗中。

我盯著我們倒映在螢幕上的身影，低頭看向諾亞。我以前並不知道新的星星是怎麼誕生的，但看了剛才的影片，我有一種恍然大悟的感覺。我想告訴諾亞，現在我知道為什麼當初我們會覺得胸口像裂了一條縫，痛得不得了；為什麼在媽媽失蹤的那晚，我們會聽到宛如雷鳴的爆炸聲。這全都是因為媽媽的心發生了翻天覆地的變化，即使那讓她變得比以前更美，從此可以活上千百萬年，但轉變成星星的過程看起來仍顯得如此痛苦而孤獨。

「阿妮亞？」

一隻手輕拍我的肩膀，我知道是特拉維斯在提醒我加快腳步，但即使我想轉身離開，卻無法移動半步。看到媽媽的心是如何變成星星，讓我的內心既激動又冷靜，不知該做何反應。

突然間，一陣熱烈的掌聲在四周響起，就連一旁的雙扇門也微微震動起來。那個聲音穿透了我，迫使我轉身。我嚥下哽在喉嚨裡的大球，帶著班、特拉維斯和諾亞走向滿是星星的走廊末端。

我默默將其中一扇門推開一條縫，以便窺探裡頭的情況。

只見大大的房間裡擺了許多裝飾著長蠟燭和鮮花的圓桌，每張桌子都坐滿了人，男人穿著白襯衫、黑西裝，打著領結，看起來宛如企鵝；女人則是身穿五顏六色的晚宴服，其中還有些將大大的鑽石戴在脖子、耳朵，甚至頭髮上，彷彿在比誰的光芒最閃亮。許多拿著大型照相機的人站在我們推開的門邊，以及室內的兩側，他們持續的按著快門，閃光燈此起彼落，空氣中充滿奇怪的機器嗡嗚聲。

我們從門後悄悄把頭探進去，我注意到房間裡的人都將目光集中在一個女人身上，她正走向盡頭的玻璃大舞臺，賓客們交頭接耳，照相機按快門的聲音不斷響起，閃光燈也閃個不停。雖然她沒有像其他女人在頭髮或耳朵上穿戴鑽石飾品，禮服也是不會反光的布料，但她看起來卻像是世界上最美的女人。她的皮膚閃耀著光澤，黑色捲髮垂落頰畔，及地的深色禮服搖曳生姿，脖子上戴著一串我所見過最潔白的珍珠項鍊，而且就跟伊烏江瓦太太一樣，她的眼睛周圍閃閃發亮。

「我的老天爺啊……那是……那是……」班快要說不出話來，開始猛戳我和特拉維斯的手臂，「她演過好幾部超級英雄電影，叫奧黛麗……什麼的！」

「對，我認得她！」特拉維斯臉紅了起來，突然一臉害羞的模樣，「她是好萊塢巨、巨星！」

我們看著不知道姓什麼的奧黛麗站在舞臺上的一根玻璃柱後面，環顧臺下的觀眾。所有人都安靜的等著，彷彿她要說的可能是他們這輩子聽到最重要的一段話。

「各位先生女士，我們尊敬的贊助人、腕錶專家和天文學家，今天我很榮幸能以克羅諾斯腕錶新代言人的身分來到這裡。」

熱烈的掌聲讓整個空間都為之震動，她微微一鞠躬，繼續說話。

「站在這個現代時間誕生的地方，在這個讓全人類想更進一步了解包含我們星系在內的全宇宙的機構，更讓我倍感榮幸。作為克羅諾斯企業及基金會的大使，我學到了很多，我非常期待稍後能與大家交流。

「不過現在，」她接著說，「我很高興能以為天空中的新星命名來揭開今晚的晚宴序幕！如同大家所知道的，三天前，皇家天文臺的天文學家率先發現了這顆因為突破所有物理定律而聞名的星星——第一顆以肉眼就能看到，而且比銀河系任何星體都更加接近地球的星星！」

房間裡又響起一陣掌聲，我激動得耳朵都紅了。班和特拉維斯轉過頭來對我微笑，彷彿他們也為媽媽感到驕傲。

「我很開心的宣布，在命名徵選比賽啟動後的七十二個小時內，來自世界各個角落的人們一共提交了超過一千七百萬個名字。就在今天凌晨零點零一分，我們的電腦隨機抽選出獲獎的名字！」

整個房間響起歡呼聲，音量之大，連地板都在顫抖，彷彿地震一般。

「一千七百萬……」班小聲說，驚訝得嘴巴都合不上了。

我看見一個身穿西裝、頂著灰色刺蝟頭的矮個子男人走上舞臺，站在奧黛麗身邊。

「阿妮亞，」特拉維斯用手肘推我，輕聲說，「看，他手上拿著名字，我們來得正是時候。」

我看到那個男人手上的金色大信封，只覺得自己手腳冰涼，無法動彈……

「在電腦抽選之後，這個名字就被密封在信封裡，由我們迷人的天文學家亞歷克斯・威瑟斯先生負責保管。在三十秒之後，我們將宣布新星的新名字！」

威瑟斯先生鞠躬，將信封遞給奧黛麗小姐，大家又開始鼓掌。

我感覺太陽穴開始突突直跳，耳邊全是脈搏的跳動聲，我告訴我的手腳趕快移動，但它們不聽。時間不多了，不知道姓什麼的奧黛麗接過信封，眼看媽媽的星星就要被取錯名字了，可我還是無法動彈！

「我代表克羅諾斯腕錶和格林威治皇家天文臺，感謝所有提交名字的人，也感謝今晚在場的每一位嘉賓前來見證歷史性的一刻。」

奧黛麗小姐帶領所有人鼓掌後，微微鞠躬，接著，看不到的鼓開始敲出節奏。燈滅了，周圍暗了下來，舞臺後方的超大螢幕亮起，閃爍著巨大的白色數字。

十……九……八……七……

時間彷彿變慢了，我耳中的脈搏跳動聲越來越大，我的身體變得像冰一樣冷。

「阿妮亞！」班用氣音叫我。

我聽到了他的聲音，但感覺卻像是隔著一堵果凍牆在對我說話，讓他的聲音變得緩慢而顫抖。

六……五……四……

就在這時，我眼角瞄到一個影子在我們身後移動。我從班和特拉維斯的肩膀上方望過去，一個高大的光頭男人正沿著黑暗的星星走廊向我們跑來，我可以看到他其中一隻耳朵上的對講耳機捲線。

「喂！」他在發現我們時大喊。

「不！」我也喊了出來，身體彷彿在這一刻解凍，我大力推開身前的門。我聽到後面的男人在喊叫，可是我現在能動了，根本就無法停下來。

在很大的「砰！」一聲後，我衝進黑暗的大房間，試圖越過整個場地跑到金色信封那兒。可是我忘了自己的腳踝根本不聽使喚，而且我還穿著老虎裝，就在我快抵達舞臺時，突然感覺某個又長又細的東西纏住我的雙腿，一陣尖銳的刺痛感貫穿我的腳——我被老虎裝的尾巴絆倒了。

我的雙手在空中胡亂揮動，彷彿在太空中飛行一樣，最後伴隨著震耳欲聾的撞擊聲往前摔倒，接下來我只聽到其他人倒吸一口氣的聲音、長裙在走動時的窸窣聲，以及椅子推開時刮到地板的聲音。我一動也不動的躺著，頭埋在雙臂間。

「喔，我的天啊！」驚呼聲不絕於耳，我想要爬起來，說點什麼好讓大家知道我沒事，但我不確定自己是否做得到。我只能感覺到自己的肩膀在顫抖，被老虎尾巴纏住的雙腿像死魚般壓在身下。

「呃，我們來看看……」隨著燈光越來越亮，有個聲音越來越靠近我的耳朵，「出了什麼事？」

我感覺有雙手搭上我的手臂，將我扶了起來。

「拜託，」我聽到自己的聲音說，「你們不能打開信封！不能幫我媽媽的星星取錯名字，絕對不行！」

我緊緊閉上眼睛，低著頭，讓頭髮遮住我的臉，定在原地不動。我不想去看特拉維斯、班或諾亞，因為我知道自己讓他們失望了，而且我也不想讓任何人看到我。接著我感覺到有腳步聲接近，小小的手指搖晃我的手臂，拉拉我的頭髮，然後就聽到諾亞的聲音哭喊著，「妮亞！妮亞！」

原本搭在我肩上的手將我的頭髮輕輕從臉上撥開，我睜開眼睛，抬頭望去。一雙擦了銀白色亮粉眼影的棕綠色大眼睛正全神貫注的看著我。

「哈囉，小朋友，」她說，「我叫奧黛麗。你叫什麼名字？」

數百臺相機彷彿再也等不及似的開始瘋狂按下快門，閃光燈猶如閃電般不斷亮起。好萊塢最亮麗的巨星張開她豔紅的雙脣，親切的對我微笑。

第二十二章 ★ 偷走生命的賊

我坐起來，望向舞臺和大螢幕，想確認倒數計時是否已經停止，但周圍有太多彎腰盯著我看的人，所以我什麼都看不到。

「親愛的，你叫什麼名字？」奧黛麗小姐又問了一次。她看著我的眼睛，彷彿整個房間裡只有我一個人。

我揉了下眼睛，喃喃的回答，「阿妮亞。」

「真是個美麗的名字。」她說，「現在，讓我們先把你腳上那條漂亮的尾巴解開，好讓你站起來，可以嗎？」

我點點頭，卻依舊低垂著頭。

「請大家稍微讓一讓，」奧黛麗小姐一邊說，一邊張開雙手示意，「給這孩子一點空間，好嗎？」

她幫助我站起來，諾亞拉著我的手臂也想幫忙，我環顧四周，看到站在走道上的特拉維斯和班。他們一臉震驚，彷彿不敢相信好萊塢巨星正在和我說話。我想用目光向他們道歉，因為我沒有早點讓倒數計時停下，還讓他們跟著我一起面對這尷尬的場面，可是我不知道他們是否看懂了。

「來，」奧黛麗小姐扶著我站好，「你感覺如何？」

我又揉了揉眼睛。即使我的膝蓋痠痛，手肘摩擦到地板，而且腳踝現在八成已經骨折，我仍然回答，「還好。」

「啊……你的腿受傷了。」看到我只用一條腿站著，奧黛麗小姐有點吃驚的說。她用手臂摟著我，幫助我站穩，「你的臉也是。」她皺著眉頭補上一句。

「請讓開，先生、女士，請讓一讓！」戴著耳機、一直在追我們的光頭大個子，像一臺憤怒的推土機穿過人群，來到我和諾亞面前，「女士，我必須帶走這些孩子，他們非法入侵！」

「是這樣嗎？」站在我身後的某個人問。

「是的。我們剛看了監視器影片，他們是從側邊柵欄闖進來的，呃……然後利用松鼠轉移我們的注意力，再偷跑進來。」警衛一五一十的報告。

特拉維斯和班慢慢走到我身邊，我能感覺到奧黛麗小姐停留在我身上的視線。諾亞抬頭看著那個光頭男子，發現我們有麻煩後，他開始大聲打嗝，聲音之大，讓我相信他的胸部一定很痛。

光頭男子往前踏了一步，朝我的方向伸出手，看起來像是要抓住我的手臂。完了，我要去坐牢了！說不定是無期徒刑，而且這還是在大家不知道我唆使所有人逃家，並且偷了伊烏江瓦太太的自行車的情況下。

「喔，別傻了，佛蘭克。」站在我後頭的那個人走到奧黛麗小姐身邊，再次開口，「告訴你的團隊，用不著拿戰爭的那套來對付小孩！下去吧，這件事我會處理。」

我抬起頭，透過積蓄在眼中的厚厚一層淚水看到一個留著黑色長髮的長臉女人，她棕色的圓眼睛在鏡片後閃閃發光。不知道為什麼，她看起來很眼熟。

「抱歉，女士，」那個叫佛蘭克的光頭男子搖了搖頭說，「依照規定，我們必須這麼做。」

「他們還只是孩子。」奧黛麗小姐說著，對諾亞微笑，並輕輕捏了捏他的臉頰。諾亞害羞的看著她，又打了個嗝，但這一次聲音小多了。

「非法入侵的孩子，女士。」佛蘭克說，他的臉和胸膛都像河豚一樣鼓起來。

「嘿，沒那麼誇張吧！」人群裡有個男人大喊，引得周圍的人紛紛附和，或者竊竊私語，或者小聲抱怨，或者頻頻搖頭。

「我們何不讓他們進來，聽聽他們到底有什麼話要說。」威瑟斯先生出現在佛蘭克身後，「格魯瓦爾教授，你覺得呢？」

看見那個女人點頭時，我倒吸一口氣。她是新聞節目裡的另一個星星獵人！剎那間，我忘了自己快被逮捕，也忘了腿上的劇痛，脫口而出，「格魯瓦爾教授，你是星星獵人，你一定要幫幫我媽媽！拜託，你能夠幫她嗎？」

「你在說什麼，阿妮亞？你媽媽需要什麼幫助？」格魯瓦爾教授皺著眉頭問。

「她就是那顆星星，那是她的心——你明白嗎？」我問，希望她能懂我的意思。「拜託，你不能給她取錯名字！你不能用電腦選擇的名字來幫她命名，拜託你……」

我聽到周圍傳來更多的竊竊私語和抽氣聲，格魯瓦爾教授和不知道姓什麼的奧黛麗互相對視，用眼睛在進行祕密交談。

「你一定要幫忙！」班大喊，彷彿他再也無法保持沉默，「我們找了你一天一夜，在路上還差點喪命了呢！」

特拉維斯目瞪口呆的聽他說完，頻頻點頭。

我再也站不住了，膝蓋開始搖搖晃晃。奧黛麗小姐抓住我的雙臂，喊著，「請讓一讓！」然後將我帶往一張椅子，那張椅子上坐著一個穿著企鵝西裝的男人，一臉擔心的樣子。

「先生？」奧黛麗小姐提醒他，男人趕緊跳起來，將椅子讓給我。

我坐下，感覺一波波壓力朝我襲來。無數的眼睛、臉孔和閃亮的珠寶全都盯著我，彷彿整個房間都往我的方向傾斜，想看看究竟發生了什麼事。

「孩子們，請過來這裡。」格魯瓦爾教授開口，示意班和特拉維斯坐到我身邊的地板上。她對著我們微笑，問班、諾亞和特拉維斯叫什麼名字，然後問我什麼是「星星獵人」，以及為什麼我需要幫忙。

為了讓她了解一切，我們搶著回答。

「我媽媽的心在上週變成了一顆星星，就是你們發現並為它舉辦徵選比賽的那顆星星，我們知道必須來這裡找星星獵人，這樣你們在得知真相後，才不會用錯誤的名字幫她的星星命名。」

「所以我們必須找到你們。」班說。

「這樣你、你們就不會弄錯她的名字了。」特拉維斯補充，而諾亞在這時打了一個響亮的嗝，跟著加上一句，「媽媽的星星是最大的那一顆。」

「我也是星星獵人，所以我知道那是她的星星。」我解釋，看著格魯瓦爾教授。

「因此我們不得不離、離開家裡，在還來得及之前趕、趕到這裡。」

「這就是為什麼我們會受傷的原因！」

「可是我並不想給任何人添麻煩。」

「呃！」又是一個響嗝。

「孩子們……先停下來！」威瑟斯先生舉起雙手阻止我們繼續說下去。

房間裡的所有人看著他朝我走過來，他在我面前以單膝著地，對著我說：

「阿妮亞，你的意思是，你認為……抱歉，你相信我們今晚在這裡慶祝的星星是你媽媽的心，是嗎？」

我點點頭，聽見奧黛麗小姐倒吸一口氣，發出「啊！」的輕呼。

「我明白了……但是你為什麼會這麼認為？」威瑟斯先生繼續問，他暖棕色的眼睛和灰褐色的鬍鬚都面朝著我。

我保持沉默，因為我從未告訴過任何人關於那天我所感受到的天崩地裂，以及我所聽到的震耳欲聾的爆炸聲。可是我還來不及回答，諾亞已經拍了下手掌說：「因為她發出『砰！』的一聲。」

格魯瓦爾教授對諾亞微微一笑，轉過來看向我和威瑟斯先生，「阿妮亞？」她疑惑的開口。

我想了一下該怎麼說。我知道在這個房間裡，除了格魯瓦爾教授和威瑟斯先生外，還有許多星星獵人，或者至少比普通人更了解星星的人，而且我相信他們都知道星星是怎麼誕生的，以及星星誕生時會發出什麼樣的聲音。

可是，如果他們從未像我和諾亞一樣聽過真正的心臟變成星星時所發出的聲音，那該怎麼辦呢？如果他們只在圖書館裡讀過相關資訊，卻不知道那聲音有多麼可怕、多麼大聲的話，那該怎麼辦呢？

只在書上看過，和在現實生活中聽到、看到或感受到，兩者根本無法相提並論，但是我必須努力讓他們理解——媽媽的星星需要我這麼做。而且奧黛麗小姐可是好萊塢的超級巨星，換句話說，她可能對星星的一切瞭如指掌，還能助我一臂之力讓大家了解。

「因為我聽到了她的聲音。」我簡單的說，「當警察和穿黑色套裝的女士來找我們，跟我們談話的時候，我聽到了爆炸聲和媽媽的心臟離開的聲音。我知道她會想辦法告訴我們她在哪兒，以及我們可以在哪裡找到她，而她做到了。」

「原來如此……」格魯瓦爾教授回應。她的鼻子一定很癢，因為她伸手揉了幾下。威瑟斯先生的鼻子一定也在癢，因為他正像沙鼠似的上下搓揉他的鼻子。

我看到佛蘭克開始皺眉，「你媽媽叫什麼名字？」他以溫和許多的聲音問。

特拉維斯和班看著我，諾亞也不再打嗝，等著我回答。

我張開嘴，大聲而清晰的回答，「伊莎貝拉．希爾登。」自從媽媽離開我們之後，這是第一次有人問我她的名字，而大聲說出媽媽的名字，讓我的胸口產生一種奇怪的感覺，彷彿裡頭沉睡許久的某些東西甦醒了，想要起來跳舞。

「伊莎貝拉……希爾登？」人群中傳來一個男人略帶遲疑的聲音。

「喔，天哪！」一個女人驚呼。

「喔，可憐的孩子！」另一個女人低喊。

「真是太慘了。」站在我身後的一個男人喃喃自語。

一個穿著亮綠色禮服的女人傾身在格魯瓦爾教授的耳邊低聲說話，然後轉向奧黛麗小姐又耳語了幾句。

「啊……」奧黛麗小姐用雙手摀住嘴。

佛蘭克搖了搖頭，同情的看著我們。班和特拉維斯互望一眼，最後將視線投向我的膝蓋。

威瑟斯先生拍了拍佛蘭克的肩膀，以手掩嘴不知道對他說了什麼。佛蘭克點點頭，迅速離開房間。我看到他拿出對講機，馬上就知道接下來會發生什麼事。

「拜託！」我大喊，同時試圖站起來，「請不要報警！我們沒有……我們沒有做錯任何事！」

「冷靜點，親愛的，」奧黛麗小姐說，拍拍我的手臂，將我拉回椅子上，「你們沒有惹上麻煩，懂嗎？完全沒有。」

「沒有嗎？」班問，看起來似乎不太確定自己能不能相信這個世界上最棒的女演員。

奧黛麗小姐搖搖頭，對他微笑。班害羞的低下頭，眼睛盯著地板，頭彎得低低的，我都覺得下一秒他就要摔倒了。

「我們只是要讓所有人都知道你們現在很安全，」格魯瓦爾教授說，「大家都很擔心你們。」

「大家……大家很擔心？」特拉維斯發出疑問。

威瑟斯先生和格魯瓦爾教授同時點頭。

「當然，」格魯瓦爾教授回答，「我們只是想讓他們知道你們很安全。知道你們來到這裡，而不是去找阿妮亞的爸爸，大家一定會鬆一口氣。」

「我爸爸？」我問，心裡想著為什麼我要去找爸爸？事實上，應該是他來找我們才對吧？至少媽媽在帶我們離開學校，逃到那間不是旅館的旅館時是這麼告訴我們的——我們要躲起來，爸爸會來找我們，我們要玩一場世界上最久的捉迷藏。

「呃，格魯瓦爾教授，我覺得我們不要再說下去比較好。」奧黛麗小姐握著我的手說。

「我去找克羅諾斯團隊談一談。」威瑟斯先生說，清了清嗓子，「你們知道的……看看我們接下來要怎麼做。」

我看到格魯瓦爾教授點點頭，奧黛麗小姐說了幾句話，但我聽不懂她在說什麼。我的心臟怦怦直跳，心跳聲大到我懷疑它是否還在我的胸膛裡，或者已經跑到我的大腦裡。

事情有點不太對。為什麼大家會以為我要去找爸爸？剎那間，穿黑色套裝女士的聲音在我腦海中迴盪。那天她在車裡說了什麼——就在她帶我和諾亞離開那間不是旅館的旅館那一天。如果我記得就好了！她說……她說從現在開始我們安全了，爸爸不會再傷害我們了……爸爸找不到我們的……

突然間，彷彿一波巨浪打在我身上，將我淹沒，我想起新聞快訊和「殺人嫌疑犯」這幾個字，還有警察脫下帽子告訴我們媽媽走了，以及凱蒂在那間不是旅館的旅館裡一直哭，哭溼了我兩邊的肩膀。我也想起當時不只有一種聲音，所有的聲音瞬間全回到我的腦海裡。我想起那時身體感覺到的劇痛，讓我的心從此裂成了兩半，以及天空中傳來的爆炸巨響。我知道了——我知道媽媽的心並不是因為她想離開才離開我們的，它是被偷走的。時間老人終於不再捉弄我，他總算把我想不起來的一切全還給了我。

然而，此刻的我一點都不想記起來，完全不想。在我知道媽媽的生命是被奪走的之後，我寧願自己什麼都想不起來，尤其是奪走媽媽生命的人，還是我的親生爸爸。

第二十三章 ★ 七姊妹

「妮亞……別哭。」諾亞一邊說，一邊哭著爬到我的大腿上，想擦掉我的眼淚。

我聽到房間裡頻頻傳來抽泣聲，有人低聲要求紙巾，彷彿我們周圍每個人的心也都跟著碎了。我不想在他們面前哭泣，我想要爬回自己的床好好睡一覺，再也不要醒來，可是我哭到根本停不下來，也無法阻止自己的臉燙得像要再次燃燒起來。

奧黛麗小姐擦乾眼淚，周圍的人全都陷入沉默。我看到班和特拉維斯也在擦臉，心想他們是不是早就知道了？我想知道伊烏江瓦太太是否也曉得，還有蘇菲，她也知道嗎？可為什麼沒有人向我提起這件事呢？

「阿妮亞，」格魯瓦爾教授輕聲說，「你現在想去看看你媽媽的星星嗎？既然你是星星獵人，那麼你可能已經知道我們這邊有世界上最大、最棒的天文望遠鏡之一，從這兒走過去很快就到了。」

我抬頭，滿懷期待的問：「真的嗎？」我用老虎裝的袖子擦乾眼淚，「諾亞、班和特拉維斯可以一起去嗎？」

格魯瓦爾教授笑了，「當然可以。奧黛麗，你想加入我們嗎？」

奧黛麗小姐微笑著起身，她的黑色禮服在一陣窸窣聲後，彷彿一朵盛開的花逆生長變回花蕾。她伸出手來牽我。

特拉維斯和班跳起來，加入了我和諾亞的行列。我們跟著格魯瓦爾教授、奧黛麗小姐和威瑟斯先生走出房間——穿著企鵝西裝的男人和閃閃發光的女人讓出一條路給我們，在我們穿行而過時，我感覺好幾隻手從人群中伸出來拍拍我的背，還有人低聲說：「勇敢的女孩！」

我們走到舞臺後方的一扇小門前，威瑟斯先生拿出一張感應卡，機器「嗶！」一聲後，門便打開了，門後是一條狹長的走道。我們經過幾條走廊，格魯瓦爾教授和奧黛麗小姐一直陪在我身邊，直到我們到達一扇看起來像是會出現在銀行的大鋼門，上方有個標示牌，以極大的金色字體寫著「大赤道儀望遠鏡，一八九三年」。

「我們到了。」格魯瓦爾教授露出微笑，威瑟斯先生則是抓住把手，隨著「砰！」的一聲將門用力推開，裡頭的燈自動亮了起來。

「你先走，阿妮亞。」格魯瓦爾教授輕聲說，用下巴點了點，示意我先進房間。

我往前跨了一步，踏上紅黑相間的瓷磚地板，看起來像是永無止境的棋盤，然後抬起頭，眼前是我見過最長、最閃亮的白色望遠鏡，宛如一條嶄新的公路直通天際。望遠鏡四周都是白色的金屬線，像一張巨大的網，縱橫交錯的橫越天花板，一直延伸到上方的巨大圓頂。

格魯瓦爾教授從口袋掏出一把特殊的紅色鑰匙，走向牆上的一個金屬盒，打開之後，將鑰匙插進一個黃色大按鈕旁的小洞裡。

「我的老天啊……」班低喊，諾亞則是抓住我的手，而特拉維斯驚訝得嘴都張開了。

我們站在一起，仰頭看著那張巨網從高處開始移動，圓頂往兩旁分開，彷彿原本閉上的巨大眼睛慢慢的睜開了。

在巨眼完全打開後，格魯瓦爾教授坐上一張特製的椅子，開始操作許多轉輪、旋鈕和刻度盤，望遠鏡跟著轉動、傾斜，以便她尋找媽媽的星星。

「這個幫得上忙嗎？」我突然想起我畫的星空圖。

格魯瓦爾教授打開那張已經變得很皺的紙，移到燈光下，仔細打量。

「畫得很好。」她說，奧黛麗小姐也接過去看了看。「你在哪兒畫的？」她微笑的看著我問。

「從伊烏江瓦太太家的房間窗戶，」我回答，「屋子後面的那個窗戶，不是前面的。」

「伊烏江瓦太太？」格魯瓦爾教授疑惑的問。

「我們的寄、寄養媽媽。」特拉維斯解釋，他往前跨了一步，說完又退回去，彷彿在向將軍報告的小兵。

「喔。」格魯瓦爾教授點點頭回應。

她站起來，走到忙著在大型電腦上輸入指令的威瑟斯先生身邊，低聲對他說了幾句話。在我們上方，巨大的望遠鏡先向左移動，再向下，然後又上下移動了好一會兒，直到威瑟斯先生終於說：「找到了！」

「就是它沒錯。」格魯瓦爾教授開口，「過來看吧，阿妮亞。」

格魯瓦爾教授將我抱到座位上，讓我能看得更清楚，並指導我如何將眼睛對準目鏡。我看了幾秒鐘的黑屏，然後我看到了她——一個熾熱的藍白光球。

我將眼睛貼向目鏡，輕聲說：「哈囉，媽媽。」那一瞬間，那顆星星似乎比平常更亮一點，彷彿聽到了我說話。

「我也想看媽媽！」諾亞拉著我的老虎尾巴小聲的說。

格魯瓦爾教授把他抱到我的大腿上，也教他怎麼看。在問了好幾次「在哪裡？在哪裡？」之後，他似乎終於看到了媽媽，朝空中揮揮手，給她一個響亮的飛吻。

「她要去哪裡？」我問，想起新聞報導說她正在橫跨天空，不知道媽媽是不是想去什麼特殊的地方，才會違反所有的物理定律。

「我們一起看看，好嗎？」威瑟斯先生說。他調整了幾個刻度盤，讓望遠鏡移動幾公釐後，將眼睛貼上去檢查是否移到他想要的位置，然後告訴我再看一次。

「你有看到一個由幾顆特別亮的藍色星星組成的形狀嗎？」他問，「就像獵戶座的腰帶，只是更長一點，因為它有四顆大星星，獵戶座只有三顆。形狀是不是有點像一條搖晃的尾巴？」

我點點頭。這個望遠鏡又大，功能又強，我甚至不用想像就能直接看到它的形狀。

「在那四顆明亮的星星下方，你有看到另外三顆星星像個勾子似的飄浮在它們下面嗎？」

我又點點頭，試著不要眨眼，我想把看到的畫面永遠記在腦海裡。

「這七顆星星組成一個特殊的星團，稱為昴宿星團，也有人稱之為七姊妹星團。」威瑟斯先生解釋，「它們是全宇宙最明亮、最有名的姊妹花，因為它們離地球最近。它們自古以來就一直在那裡，從天空中看著我們。據說這些星星中的任何一顆都比我們的太陽亮一百多倍。」

「真的嗎？」我問。

「哇，太神奇了！」班大喊。

「為什麼它們被稱為七、七姊妹？」特拉維斯問，悄悄的往望遠鏡靠近。

「也許奧黛麗小姐可以告訴你們。」格魯瓦爾教授露出笑容。

「嗯，我確實知道答案，因為我在電影裡演過七姊妹中的一個。」奧黛麗小姐說，她摸了摸諾亞的頭髮，還捏了捏我的肩膀，「傳說中，七姊妹是人世間最美麗的女人，她們非常喜歡在夜空下跳舞，可是有一天，一個獵戶想帶走她們，所以一路追趕，追了整整七年，七姊妹因此感到非常害怕和疲憊。天空與雷電之神宙斯決定將七姊妹永遠藏起來，於是把她們全部變成星星，好讓獵戶無法找到她們。」

「哇！」班再次發出驚嘆。

「不只如此，」奧黛麗小姐微笑著說，「宙斯將獵戶也變成了星星，還把他放在天空的另一邊，這樣他就再也無法接觸到七姊妹，她們便永遠安全了。」

「幹、幹得好！」特拉維斯憤憤不平的說。

「我們之所以讓阿妮亞看七姊妹星團，」格魯瓦爾教授接著說，「是因為——」

遠處突然傳來的哭聲、腳步聲和喊叫聲，打斷了格魯瓦爾教授的話。

班和特拉維斯看向我，兩人的眼中全是擔心和詫異。

「終於找到你們了！」隨著赤道儀觀測廳的門被用力推開，一個聲音大喊。

「伊太太！」伊烏江瓦太太跑進來時，班和特拉維斯同時大喊。

伊烏江瓦太太衝過來，哭著擁抱我們，撫摸我們的臉。蘇菲跟在她身後走了進來，但她一臉尷尬，滿臉通紅，頻頻轉頭看向身後的佛蘭克和兩個手裡拿著帽子的警察。

我看著眼前的一切——班說對不起，特拉維斯點頭附和，諾亞一臉既害怕又高興的表情，奧黛麗小姐忙著和大家握手，但是我不能動，不能說話，連一個字都說不出來。我感覺自己被時間凍結，只能眼睜睜看著除了我以外的其他人在四周活動。

「你們怎麼這麼快就到了？」班問，緊緊擁抱伊烏江瓦太太。他抱得超緊，讓她不得不叫他鬆開手臂，否則她呼吸不到空氣。

「我們之前就已經和警察一起到倫敦來了。」伊烏江瓦太太邊哭邊說，整張臉又溼又亮，簡直像一座全新的溜冰場。「今天早上一聽說你們出現在維多利亞車站，我們就來了，可是警察把你們給跟丟了。後來有個女人說看到你們進入格林威治步行隧道，但等我們趕到時又晚了一步。」

「啊，那個賣冰、冰淇淋的女人。」特拉維斯歡快的說。

「她也是在做好事，不然一點消息都沒有，我想我可能會瘋掉。」伊烏江瓦太太搖搖頭說，然後轉過來看著我問，「現在告訴我，關於這顆星星到底是怎麼回事？」

每個人都看向我，但我卻一直盯著地板。我感覺有個又紅又熱的東西開始在我體內越長越大，我一定得把它吐出來，否則實在太痛苦了。

我抬頭看著伊烏江瓦太太，開口問：「你知道……關於我爸爸的事嗎？」

我聽到奧黛麗小姐吸鼻子的聲音，看到諾亞困惑的望向我，而班和特拉維斯則是一臉擔心。

伊烏江瓦太太什麼也沒說，只是走過來握住我的雙手。

「是的，阿妮亞，我知道。出於職責我必須知道，而且我也要保護你們。」

我看見伊烏江瓦太太閃耀的眼睛裡充滿了淚水，奧黛麗小姐也一樣。

「伊太太要我們保證不告訴你，」班走過來站在我面前，輕聲說，「但那是因為我們不該和你討論任何可能傷害你的事，我們不想說錯話，而不是因為我們想要瞞著你。」

特拉維斯很快的點頭附和，睜大眼睛透過瀏海看著我。

熱燙的淚水灼痛我的眼睛，開始順著我的臉頰滑落。我覺得似乎每個人都在騙我。

「我知道要你記得所有的事很難，親愛的，」伊烏江瓦太太說，她握住我的手的力道越來越大，「我明白這有多麼令人困惑，而且這一切是多麼不公平。但是我們都在這裡，我們都想幫你，你懂嗎？」

所有人都在對我點頭，諾亞緊緊抓住我，他的眼淚全抹在我的手臂上。

「喔，阿妮亞，我們很遺憾。」格魯瓦爾教授說。她也是一臉的眼淚，暈開的睫毛膏隨著淚水開始滑落，讓她看起來像一隻熊貓。

我點點頭，想擦乾眼淚，但淚水卻無法停止的湧出來。我張開嘴，想要告訴大家沒關係的，因為媽媽的心很堅強，她沒有失去我們，也永遠不會離開我們，而且我很幸運可以看到她的心在天空中燃燒的情景。可我說不出話來，只能發出長長的哀鳴，痛哭失聲。

伊烏江瓦太太將我拉進懷裡，不讓我推開，奧黛麗小姐也從背後抱住我。

「這不是你的錯，阿妮亞，」伊烏江瓦太太輕聲說，撫摸我的頭髮，悲傷的嘆了一口長長的氣，「你的媽媽愛你們，你們也愛你的媽媽，這才是最重要的。」

我再次張開嘴，想說這並不重要，因為我沒有救她，沒有人救她！但是我的喉嚨只是發出另一聲哀號，然後歸於平靜。

彷彿過了好久，我覺得眼睛的灼熱感開始消失，就在這時，突然有人伸手握住了我被壓在伊烏江瓦太太手臂間的手指。一開始，我以為是諾亞，因為除了媽媽和諾亞之外，從來沒人握過我的手指，但低頭一看，那隻手很白，上面有些小小的雀斑。

我的視線越過伊烏江瓦太太的肩膀，感到很驚訝。蘇菲站在我面前，她的眼睛都哭紅了，也是滿臉的眼淚。

「來，」她開口，拿出我的盒墜項鍊，「對不起，我不該從你那裡拿走這個。」

我輕輕推開伊烏江瓦太太，低頭看著掌中的盒墜項鍊。現在我知道爸爸是奪走媽媽生命的賊，再將項鍊拿回來的感覺很奇怪——不知道為什麼，感覺已經不一樣了。我知道自己再也不會戴上它，但也知道我還是想留著它來懷念媽媽。

就在這時，佛蘭克再度出現，他用身體擋著門好讓它開著，然後向我們宣布，「大家都準備好了，我們該回舞臺了。」

第二十四章★我窗外的星星

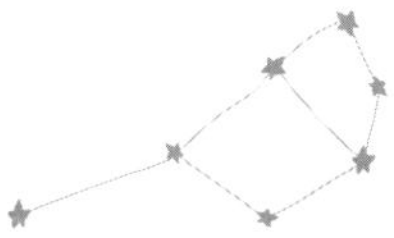

「真的準備好了嗎？」格魯瓦爾教授問，她的熊貓眼現在看起來更糟了。

佛蘭克點點頭，「一切都準備好了，只需要奧黛麗小姐上臺主持。」

格魯瓦爾教授扶著我從望遠鏡的座椅下來，給我一個緊到我得屏住呼吸的擁抱，「阿妮亞，我認為你是一個非常特別的女孩，而你媽媽一定也是非常特別，才會為這個世界留下像你這樣的人。」

我點點頭，是因為我知道媽媽非常特別，而不是覺得我自己也很特別。

「因為她很特別，你很特別，諾亞也很特別……」格魯瓦爾教授看著諾亞，輕輕的摸了摸他的臉，「嗯，我們走吧……接下來的事，你自己睜大眼睛看吧！」

奧黛麗小姐朝我伸出手，我勾住她的手臂。格魯瓦爾教授則是牽起諾亞，和班、特拉維斯、蘇菲、伊烏江瓦太太，還有威瑟斯先生跟在我們後頭，一起走出去。

「別著急，慢慢來。」佛蘭克說，幫我們擋著打開的金屬門，對我眨了眨眼。

特拉維斯、班和格魯瓦爾教授都扶著我，幫我邊走邊跳的沿著走廊前進，回到有著舞臺、大型螢幕，以及戴著鑽石、穿企鵝西裝的盛裝男女的大房間。

門一打開，無數的照相機快門按個不停，閃光燈此起彼落，記者擠來擠去，到處都是機器的嗡鳴聲。我聽到遠處有人開始鼓掌，並且大喊，「太棒了！」

格魯瓦爾教授和威瑟斯先生讓我們所有人在最靠近舞臺的椅子上坐下。

「開始吧！」奧黛麗小姐輕聲說，走上舞臺。

觀眾大聲歡呼，然後漸漸安靜下來。

「各位先生女士，」奧黛麗小姐開口，「非常感謝你們的耐心等待。正在收看我們現場直播的觀眾，也謝謝你們的耐心等待。」

她停下來對著房間裡最大的攝影機揮揮手，俏皮的對它眨了眨眼。

「今晚，在這個幾乎和現在正穿越我們銀河系的新星一樣獨特、一樣特別、一樣神奇的情況下，我很高興為大家揭曉我們這顆新星的名字！」

舞臺後方，原本全黑的大螢幕開始閃現字幕：

克羅諾斯企業&格林威治皇家天文臺為您介紹……

「請下鼓聲！」奧黛麗小姐高聲說，擊鼓的節奏再次響起，「現在，為了紀念一位非常特別的母親，也為了今晚和我們一同在現場的她的兩個孩子，克羅諾斯企業和皇家天文臺委員會已經同意將這顆新星命名為……」她快步移到舞臺邊緣，舉起手示意大家看向身後的大螢幕。我所見過最閃耀的金色字體寫著：

伊莎貝拉

我們身後的來賓爆出熱烈的掌聲。班和特拉維斯從椅子上跳起來，興奮得高呼喊叫，而蘇菲擁抱了諾亞，可是諾亞卻將她推開。格魯瓦爾教授將伊烏江瓦太太的手握得好緊，手都開始泛白了。

「不過呢，這還不是全部！」奧黛麗小姐一邊說，一邊像管弦樂隊指揮一樣揮動雙手，要大家再次安靜下來。「非常感謝我們天文臺的『星星獵人』，現在將為您帶來『伊莎貝拉』穿越太陽系的現場直播。」

寫著媽媽名字的螢幕再度變成黑色，不過這一次，在黑暗的中央出現一個白色的小點。

威瑟斯先生跳上舞臺，指著那個點，「這就是我們的星星伊莎貝拉。」他對著麥克風說，低頭對我微笑，「如果我們的天才團隊能夠聽到，請將距離拉遠，讓我們看看她正朝著哪個方向前進。」

螢幕看起來彷彿在急速後退，媽媽的星星越來越小、越來越小，直到她被許多其他白點包圍。

威瑟斯先生伸出手指，從媽媽所在的位置開始畫一條線，在舞臺上一路走到大螢幕的另一邊，指著上方角落看起來像七個點擠在一起的地方。

「伊莎貝拉似乎正朝著昴宿星團的方向前進，」威瑟斯先生說明，「也就是七姊妹和她們的父母阿特拉斯和普勒俄涅所組成的星群。我們希望她在那裡會發現自己融入了最棒的家庭！」

房間裡的每個人又開始鼓掌，格魯瓦爾教授捏了捏我的膝蓋。我盯著螢幕上媽媽正要前往的那幾個小光點，高興得頭都疼了起來。媽媽再也不孤單了，她將和一群等待她的家人住在一起——就像伊烏江瓦太太的家也一直等待著我和諾亞一樣。她即將前往寄養家庭，就跟我一樣，也將成為寄養姊妹。

★★★

隔天、又隔天、再隔天，媽媽的星星出現在所有的報紙和電視頻道中。我不得不在接下來的兩天都住在醫院裡，因為醫生說我的腳踝附近裂開，需要好好修復，而這代表我不能移動。不過我不介意，因為班和特拉維斯把所有的報紙都帶來給我，伊烏江瓦太太則是給了我一本大冊子，好讓我可以將所有的報導剪下來貼上去，永遠的保存它們。

雖然格魯瓦爾教授和威瑟斯先生沒有來看我，但他們寄了一個特別的包裹給我，那是我收過最大的包裹。伊烏江瓦太太把包裹留著，作為我出院回家時的禮物，讓我可以自己拆開。我一進門跳到客廳，特拉維斯和班就跑去將包裹搬出來，放在我面前的咖啡桌上。

「來，打開吧！」班說著，不忘阻止諾亞想先打開包裹的手，「除非——你想讓我幫你開？」

我搖搖頭。

「沒錯，班，讓她自己開。」蘇菲走進客廳，坐在我對面的沙發上，「她受傷的是腿，不是手！」

班聳了聳肩，大家都湊過來看著我。

「等一下！等一下！」伊烏江瓦太太一邊喊，一邊拿著相機跑了過來，「好了，現在打開吧！」她站在蘇菲身後，高舉相機，下達指令。

我先用手撕，再用牙齒幫忙，伊烏江瓦太太開始猛按快門，閃光燈也閃個不停。

「哇！」當一大團氣泡紙掉出來時，班發出驚嘆聲。

「那只是氣、氣泡紙。」特拉維斯搖頭，嘆了口氣。

我拆開氣泡紙，發現裡面有一個金色的小信封，以及一個黑色的方盒子。

「那是克羅諾斯的盒子！」班指著盒子大叫，跳起來猛抓自己的頭髮，「是手錶！一定是手錶！喔，天啊！」

「阿妮亞，不如先看卡片吧？」伊烏江瓦太太笑著說，「我相信卡片上會說明一切的。」

我點點頭，拿起信封，取出裡面的白色小卡片。

上面寫著：

親愛的阿妮亞：

這是克羅諾斯腕錶公司送給你的禮物，一款為了紀念公司成立兩百五十週年用手工打造的獨特手錶。這份禮物將你母親的名字加入設計，由奧黛麗・塔哈尼亞小姐創作，並帶著她的愛送給你。

我們相信你很快就會來拜訪我們，告訴我們你在獵星領域的所有進展。不過在那之前，我們希望你、諾亞、特拉維斯和班的每個日夜都充滿了光和星塵。

賈思敏・格魯瓦爾教授和亞歷克斯・威瑟斯先生謹啟

我放下卡片，拿起黑色的盒子，感覺諾亞和班都靠了過來。我輕壓一下讓盒蓋彈開，所有人都低頭看著。四周安靜無聲，沒人鼓掌，沒人倒吸一口氣，也沒人伸手去拿，因為它實在太美了，美到讓我們無法做任何事，只能呆呆的盯著它看。

盒子裡放的就是當初我們在「銀河系最大的比賽」網頁上看到的手錶，

同樣以銀色數字鑲在周圍，同樣以銀色流星為分針、新月為時針，手錶中間同樣以極小的金色花體字寫著「Kronos 250」，不同的是海軍藍的錶面不再隨機分布許多小星星，而是將星星像星座一樣連在一起，拼出了「伊莎貝拉」這幾個字。

我微笑的用雙手捧著手錶。媽媽的名字將永遠刻在我的手腕上，而兩個新哥哥和一個新姊姊將會幫助我和諾亞重新接受擁有一家人的感覺。最重要的是，媽媽的星星也找到了新家，只要我想看她，從我的窗戶往外看就能隨時找到她，而她也可以隨時俯視我們所有人。

因此，當伊烏江瓦太太再次舉起相機時，我直直的望著那閃亮的圓形鏡頭，露出最美的微笑，因為我知道，我已經擁有成為地球上最幸運的星星獵人所需要的一切。

★衷心感謝你成為女性歷史締造者

你知道嗎?只要你閱讀、購買或從圖書館借閱本書,你就成了女性歷史締造者的一員。

女性歷史締造者是一群非常特別的人,他們幫助、保護和拯救不得不忍受虐待的婦女和兒童,就像書中的阿妮亞、諾亞,以及他們的媽媽一樣,而任何人都不應該過那樣的生活。

你對本書的支持,將讓故事有個更好的結局,因為作者會把收到的部分版稅捐給她創辦的非營利組織——「締造女性歷史」,用來幫助被虐待的倖存者(不管是成人或兒童),教導這些倖存者了解自己的權利,以及知道去哪裡尋求協助,並給予他們所需的物資以確保安全。

因此,感謝你的參與,因為有你的幫助,我們才能讓世界變得更安全。

★什麼是家庭虐待？

在這個故事裡，阿妮亞、諾亞、班和特拉維斯各自以不同的方式目睹或經歷了家庭虐待。

家庭虐待是一個人試圖去傷害、控制和恐嚇另一個人的行為。施虐者（造成傷害的人）傷害他人的方式有許多種，他們可能使用身體暴力，也可能使用言語來造成傷害或恐懼，或者故意讓受害者感到困惑、麻木和欠缺自信。許多施虐者經常通過切斷受害者與朋友和家人的聯繫，或限制他們的金錢來源以控制受害者。

傷害或試圖控制他人的行為是違法的，不管任何年齡，沒有人應該忍受這種生活。

★可以讓人類計算員探討的事實與問題……

阿妮亞的故事可能會讓你有很多問題想發問，如果想更了解是哪些現實世界中的問題啟發了這個故事的創作，你可以請家長、老師或其他值得信賴的成年人和你一起拜訪「締造女性歷史」網站：makingherstory.org.uk。你可以在那裡發現許多事實和問題，和他們進行討論。

★故事裡的那些星星

在故事裡，每一章的開頭都放了一幅星座圖。星座很特別，因為正如阿妮亞所說的，它們全都是有故事的。

以下是每一章所放的星座圖的名稱。我們希望你可以去了解這些星座的故事，以及它們在阿妮亞的冒險故事中扮演的角色。

第一章　獅子座和小獅座
第二章　天琴座
第三章　天鵝座
第四章　金牛座
第五章　天箭座
第六章　時鐘座

第十九章　獵戶座
第二十章　盾牌座
第二十一章　北冕座
第二十二章　天秤座和處女座
第二十三章　蛇夫座
第二十四章　昂宿星座

作者的話

從我懂事起，我就意識到人生對於女孩，以及她們之後成為的女人，可能會多麼的不公平。這對我的童年影響甚鉅，導致我經常因為問「太多問題」而遭到責備。那時的我總是想著：為什麼從來沒有女的忍者龜？為什麼只有《太空超人》的動畫，而沒有《太空女超人》？為什麼我喜歡吊帶褲和籃球，不喜歡芭比娃娃和指甲油，就要被貼上「男人婆」的標籤？為什麼我不能做我自己？為什麼我在學校裡會因為想得到好成績，就被說成老是拍老師馬屁，但和我一樣有野心的男同學就從沒有人指責過他們？諸如此類的問題。

隨著年齡的增長，我思考的問題越深入，也越令我沮喪。後來，無論是在大學生活，還是在我的職業生涯裡，我不斷看到女性為了爭取基本權利所做的奮鬥，為了獲得與男性一樣的尊嚴和人道待遇所付出的努力，這些都一而再、再而三的撼動我的心。

然而，我所有的學習、探索和問題，都無法為我在二〇一一年七月五日遭遇的慘劇做好準備，我的世界在那天崩塌了，因為一個和我極親近的家人，被那個我們曾拚命想幫助她擺脫的、危險而暴力的男人奪走了性命。我們暱稱為「魯瑪」的表姨穆姆泰哈娜・詹納特為了挽救自己的生命，整整奮鬥了五年，她用盡一切可以找到的方法，向任何願意傾聽的人證明她有危險，但是沒有人相信她，甚至包括負責她案子的法官都不相信她。

為了紀念她，我在二〇一二年正式成立了非營利組織「締造女性歷史」。「締造女性歷史」只有一個簡單的核心目標：動員所有我們可以動員的人去解決任何針對婦女和女童的暴力行為。我從沒想過自己會寫一本兒童讀物，講述我在婦女收容所遇過的無數個勇敢婦女和兒童的經歷，更沒想過有一天我會寫一本以我表姨的故事為藍圖的書。無論如何，書已經出版了，伴隨著我對它的期許，希望它或許能以某種方式幫助某些受難者掙脫囚籠，找到自由。

★如果你是一個小小倖存者……

如果你像阿妮亞、諾亞、班或特拉維斯，不管是在家裡，還是在其他地方，曾經因為生活中某個成年人的行為而受到傷害或感到恐懼，請記得有許多很棒的人正等著要幫助你。

最重要的是，記得你並不孤單，為自己和親人尋求幫助的第一步，就是把事情說出來。

當引發恐懼或造成痛苦的是你認識的人時，說出口可能會變得非常困難，但是這極為重要。你可以告訴你的老師或你的家庭醫生，但如果你覺得面對認識的人說不出口，你可以聯繫政府或民間團體的兒少福利機構，或撥打二十四小時全年無休的「113」保護專線，將有專業社工人員與你對談。

★如果你年紀不是那麼小……

如果你是成年倖存者，或者知道誰是成年倖存者，你可以通過以下方式為自己或所愛的人尋求幫助：

- 撥打「113」二十四小時全年無休保護專線。
- 通報各直轄市、縣（市）政府家庭暴力及性侵害防治中心。
- 兒少保護／脆弱家庭線上通報。網址：ecare.mohw.gov.tw/Help。

少年天下系列 ———— 086

星星獵人的午夜任務

作　　者｜安佳莉・Q・勞夫（Onjali Q. Raúf）
譯　　者｜卓妙容

責任編輯｜李幼婷
特約編輯｜黃慧文
內文排版｜林子晴、旭豐數位排版有限公司
封面設計｜Dinner illustration
行銷企劃｜林育菁

天下雜誌群創辦人｜殷允芃
董事長兼執行長｜何琦瑜
媒體暨產品事業群
總經理｜游玉雪
副總經理｜林彥傑
總編輯｜林欣靜
行銷總監｜林育菁
副總監｜李幼婷
版權主任｜何晨瑋、黃微真

出版者｜親子天下股份有限公司
地址｜台北市104建國北路一段96號4樓
電話｜（02）2509-2800　傳真｜（02）2509-2462
網址｜www.parenting.com.tw
讀者服務專線｜（02）2662-0332　週一～週五：09:00~17:30
讀者服務傳真｜（02）2662-6048　客服信箱｜parenting@cw.com.tw
法律顧問｜台英國際商務法律事務所・羅明通律師
製版印刷｜中原造像股份有限公司
總經銷｜大和圖書有限公司 電話：（02）8990-2588

出版日期｜2023年9月第一版第一次印行
　　　　　2024年9月第一版第三次印行
定　　價｜450元
書　　號｜BKKNF079P
I S B N｜978-626-305-535-3

訂購服務
親子天下 Shopping｜shopping.parenting.com.tw
海外・大量訂購｜parenting@cw.com.tw
書香花園｜台北市建國北路二段6巷11號　電話（02）2506-1635
劃撥帳號｜50331356　親子天下股份有限公司

國家圖書館出版品預行編目資料

星星獵人的午夜任務 / 安佳莉・Q・勞夫(Onjali Q. Raúf) 文 ; 卓妙容譯. -- 第一版. -- 臺北市 : 親子天下股份有限公司, 2023.09
368面 ;14.8X21公分. -- (少年天下 ; 86)

譯自 : The star outside my window
ISBN 978-626-305-535-3(平裝)

873.59　　112010670